suhrkamp taschenbuch

Peter Handke, 1942 in Griffen (Kärnten) geboren, lebt heute in Österreich. 1973 wurde er mit dem Büchner-Preis ausgezeichnet, 1979 erhielt er den Franz-Kafka-Preis.

»Natürlich ist es ein bißchen unbestimmt, was da über jemand Bestimmten geschrieben steht; aber nur die von meiner Mutter als einer möglicherweise einmaligen Hauptperson in einer vielleicht einzigartigen Geschichte ausdrücklich absehenden Verallgemeinerungen können jemanden außer mich selber betreffen – die bloße Nacherzählung eines wechselnden Lebenslaufs mit plötzlichem Ende wäre nichts als eine Zumutung.

Ich vergleiche also den allgemeinen Formelvorrat für die Biographie eines Frauenlebens satzweise mit dem besonderen Leben meiner Mutter, aus den Übereinstimmungen und Widersprüchlichkeiten ergibt sich dann die eigentliche Schreibtätigkeit.«

Peter Handke

Peter Handke
Wunschloses Unglück

Erzählung

Suhrkamp

suhrkamp taschenbuch 146
Erste Auflage 1974
© 1972 by Residenz Verlag, Salzburg
Lizenzausgabe mit freundlicher Genehmigung
des Residenz Verlags, Salzburg
Suhrkamp Taschenbuch Verlag
Alle Rechte vorbehalten, insbesondere das des
öffentlichen Vortrags, der Übertragung
durch Rundfunk und Fernsehen sowie der
Übersetzung, auch einzelner Teile.
Druck: Ebner Ulm · Printed in Germany
Umschlag nach Entwürfen von
Willy Fleckhaus und Rolf Staudt

18 19 20 21 22 – 93 92 91 90 89

»He not busy being born is busy dying«

BOB DYLAN

»Dusk was falling quickly. It was just after 7 p. m., and the month was October.«

PATRICIA HIGHSMITH

»A Dog's Ransom«

Unter der Rubrik VERMISCHTES stand in der Sonntagsausgabe der Kärntner »Volkszeitung« folgendes: »In der Nacht zum Samstag verübte eine 51jährige Hausfrau aus A. (Gemeinde G.) Selbstmord durch Einnehmen einer Überdosis von Schlaftabletten.«

Es ist inzwischen fast sieben Wochen her, seit meine Mutter tot ist, und ich möchte mich an die Arbeit machen, bevor das Bedürfnis, über sie zu schreiben, das bei der Beerdigung so stark war, sich in die stumpfsinnige Sprachlosigkeit zurückverwandelt, mit der ich auf die Nachricht von dem Selbstmord reagierte. Ja, an die Arbeit machen: denn das Bedürfnis, etwas über meine Mutter zu schreiben, so unvermittelt es sich auch manchmal noch einstellt, ist andrerseits wieder so unbestimmt, daß eine Arbeitsanstrengung nötig sein wird, damit ich nicht einfach, wie es mir gerade entsprechen würde, mit der Schreibmaschine immer den gleichen Buchstaben auf das Papier klopfe. Eine solche Bewegungstherapie allein würde mir nicht nützen, sie würde mich nur noch passiver und apathischer machen. Ebensogut könnte ich wegfahren – unterwegs, auf einer Reise, würde mir mein kopfloses Dösen und Herumlungern außerdem weniger auf die Nerven gehen.

Seit ein paar Wochen bin ich auch reizbarer als sonst, bei Unordnung, Kälte und Stille kaum mehr ansprechbar, bücke mich nach jedem Wollfussel und Brotkrümel auf dem Boden. Manchmal wundere ich mich, daß mir Sachen, die ich halte, nicht schon längst aus der Hand gefallen sind, so fühllos werde ich plötzlich bei dem Gedanken an diesen Selbstmord. Und trotzdem sehne ich mich nach solchen Augenblicken, weil dann der Stumpfsinn aufhört und der Kopf ganz klar wird. Es ist ein Entsetzen, bei dem es mir wieder gut geht: endlich keine Langeweile mehr, ein widerstandsloser Körper, keine anstrengenden Entfernungen, ein schmerzloses Zeitvergehen.

Das schlimmste in diesem Moment wäre die Teilnahme eines anderen, mit einem Blick oder gar einem Wort. Man schaut sofort weg oder fährt dem anderen über den Mund; denn man braucht das Gefühl, daß das, was man gerade erlebt, unverständlich und nicht mitteilbar ist: nur so kommt einem das Entsetzen sinnvoll und wirklich vor. Darauf angesprochen, langweilt man sich sofort wieder, und alles wird auf einmal wieder gegenstandslos. Und doch erzähle ich ab und zu sinnlos Leuten vom Selbstmord meiner Mutter und ärgere mich, wenn sie dazu etwas zu bemerken wagen. Am liebsten würde ich dann nämlich sofort abgelenkt und mit irgend etwas gehänselt werden.

Wie in seinem letzten Film James Bond einmal gefragt wurde, ob sein Gegner, den er gerade über ein Treppengeländer geworfen hatte, *tot* sei, und »Na hoffentlich!« sagte, habe ich zum Beispiel erleichtert lachen müssen. Witze über das Sterben und Totsein machen mir gar nichts aus, ich fühle mich sogar wohl dabei.

Die Schreckensmomente sind auch immer nur ganz kurz, eher Unwirklichkeitsgefühle als Schreckensmomente, Augenblicke später verschließt sich alles wieder, und wenn man dann in Gesellschaft ist, versucht man sofort, besonders geistesgegenwärtig auf den anderen einzugehen, als sei man gerade unhöflich zu ihm gewesen.

Seit ich übrigens zu schreiben angefangen habe, scheinen mir diese Zustände, wahrscheinlich gerade dadurch, daß ich sie möglichst genau zu beschreiben versuche, entrückt und vergangen zu sein. Indem ich sie beschreibe, fange ich schon an, mich an sie zu erinnern, als an eine abgeschlossene Periode meines Lebens, und die Anstrengung, mich zu erinnern und zu formulieren, beansprucht mich so, daß mir die kurzen Tagträume der letzten Wochen schon fremd geworden sind. Hin und wieder hatte ich eben »Zustände«: die tagtäglichen Vorstellungen, ohnedies nur die zum zigsten Mal hergeleierten Wiederholungen jahre- und jahrzehntealter *Anfangs*vorstellungen, wichen plötzlich auseinander, und das Bewußtsein schmerzte, so leer war es darin auf einmal geworden.

Das ist jetzt vorbei, jetzt habe ich diese Zustände nicht mehr. Wenn ich schreibe, schreibe ich notwendig von früher, von etwas Ausgestandenem, zumindest für die Zeit des Schreibens. Ich beschäftige mich literarisch, wie auch sonst, veräußerlicht und versachlicht zu einer Erinnerungs- und Formuliermaschine. Und ich schreibe die Geschichte meiner Mutter, einmal, weil ich von ihr und wie es zu ihrem Tod kam mehr zu wissen glaube als irgendein fremder Interviewer, der diesen interessanten Selbstmordfall mit einer religiösen, individualpsychologischen oder soziologischen Traumdeutungstabelle wahrscheinlich mühelos auflösen könnte, dann im eigenen Interesse, weil ich auflebe, wenn mir etwas zu tun gibt, und schließlich, weil ich diesen FREITOD geradeso wie irgendein außenstehender Interviewer, wenn auch auf andre Weise, zu einem Fall machen möchte.

Natürlich sind alle diese Begründungen ganz beliebig und durch andre, gleich beliebige, ersetzbar. Da waren eben kurze Momente der äußersten Sprachlosigkeit und das Bedürfnis, sie zu formulieren – die gleichen Anlässe zum Schreiben wie seit jeher.

Als ich zur Beerdigung kam, fand ich im Geldtäschchen meiner Mutter noch einen Briefaufgabeschein mit der Nummer **432**. Sie hatte mir noch am Freitagabend, bevor sie nach Hause ging und die Tabletten nahm, einen eingeschriebenen Brief mit einer Testamentsdurchschrift nach Frankfurt geschickt. (Warum aber auch EXPRESS?) Am Montag war ich im selben Postamt, um zu telefonieren. Es war zweieinhalb Tage nach ihrem Tod, und ich sah vor dem Postbeamten die gelbe Rolle mit den Einschreibeetiketts lie-

gen: inzwischen waren neun weitere einge-
schriebene Briefe abgeschickt worden, die
nächste Nummer war jetzt die **442**, und dieses Bild war der Zahl, die ich im Kopf hatte,
so ähnlich, daß ich auf den ersten Blick
durcheinanderkam und ganz kurz alles für
ungültig hielt. Die Lust, jemandem davon zu
erzählen, heiterte mich richtig auf. Es war
ja so ein heller Tag; der Schnee; wir aßen
Leberknödelsuppe; »es begann mit...«:
wenn man so zu erzählen anfangen würde,
wäre alles wie erfunden, man würde den Zu-
hörer oder den Leser nicht zu einer privaten
Teilnahme erpressen, sondern ihm eben nur
eine recht phantastische Geschichte vortra-
gen.

Es begann also damit, daß meine Mutter vor
über fünfzig Jahren im gleichen Ort geboren
wurde, in dem sie dann auch gestorben ist.
Was von der Gegend nutzbar war, gehörte
damals der Kirche oder adeligen Grundbe-
sitzern; ein Teil davon war an die Bevölkerung verpachtet, die vor allem aus Handwer-
kern und kleinen Bauern bestand. Die
allgemeine Mittellosigkeit war so groß, daß

12

Kleinbesitz an Grundstücken noch ganz selten war. Praktisch herrschten noch die Zustände von vor 1848, gerade, daß die formelle Leibeigenschaft aufgehoben war. Mein Großvater – er lebt noch und ist heute sechsundachtzig Jahre alt – war Zimmermann und bearbeitete daneben mit Hilfe seiner Frau ein paar Äcker und Wiesen, für die er einen jährlichen Pachtzins ablieferte. Er ist slowenischer Abstammung und unehelich geboren, wie damals die meisten Kinder der kleinbäuerlichen Bewohner, die, längst geschlechtsreif, zum Heiraten keine Mittel und zur Eheführung keine Räumlichkeiten hatten. Seine Mutter wenigstens war die Tochter eines recht wohlhabenden Bauern, bei dem sein Vater, für ihn nicht mehr als »der Erzeuger«, als Knecht hauste. Immerhin bekam seine Mutter auf diese Weise die Mittel zum Kauf eines kleinen Anwesens.

Nach Generationen von besitzlosen Knechtsgestalten mit lückenhaft ausgefüllten Taufscheinen, in fremden Kammern geboren und gestorben, kaum zu beerben, weil sie mit der einzigen Habe, dem Feiertagsanzug, ins Grab gelegt wurden, wuchs so der Großvater als erster in einer Umgebung auf, in der er sich auch wirklich zu Hause fühlen konnte, ohne gegen tägliche Arbeitsleistung nur geduldet zu sein.

Zur Verteidigung der wirtschaftlichen Grundsätze der westlichen Welt war vor kurzem im Wirtschaftsteil einer Zeitung zu lesen, daß Eigentum VERDINGLICHTE FREIHEIT sei. Für meinen Großvater damals, als dem ersten Eigentümer, wenigstens von unbeweglichem Besitz, in einer Serie von Mittellosen und so auch Machtlosen, traf das vielleicht wirklich noch zu: das Bewußtsein, etwas zu besitzen, war so befreiend, daß nach generationenlanger Willenlosigkeit sich plötzlich ein Wille bilden konnte: noch freier zu werden, und das hieß nur, und für den Großvater in seiner Situation sicher zu Recht: den Besitz zu vergrößern.

Der Anfangsbesitz war freilich so klein, daß man fast seine ganze Arbeitskraft brauchte, um ihn auch nur zu erhalten. So blieb die einzige Möglichkeit der ehrgeizigen Kleinbesitzer: das Sparen.

Mein Großvater sparte also, bis er in der Inflation der zwanziger Jahre das Ersparte wieder verlor. Dann fing er wieder zu sparen an, nicht nur, indem er übriges Geld aufeinanderlegte, sondern vor allem auch, indem er die eigenen Bedürfnisse unterdrückte und diese gespenstische Bedürfnislosigkeit auch seinen Kindern zutraute; seine Frau, als Frau, hatte von Geburt an ohnehin von etwas anderem nicht einmal träumen können.

Er sparte immer weiter, bis die Kinder für Heirat oder Berufsausübung eine AUSSTATTUNG brauchen würden. Das Ersparte schon vorher für ihre AUSBILDUNG zu verwenden, ein solcher Gedanke konnte ihm, vor allem, was seine Töchter betraf, wie naturgemäß gar nicht kommen. Und noch in den Söhnen waren die jahrhundertealten Alpträume der Habenichtse, die überall nur in der Fremde waren, so eingefleischt, daß einer von ihnen, der mehr zufällig als geplant eine Freistelle auf dem Gymnasium bekommen hatte, die unheimische Umgebung schon nach ein paar Tagen nicht mehr aushielt, zu Fuß in der Nacht die vierzig Kilometer von der Landeshauptstadt nach Hause ging und vor dem Haus – es war ein Samstag, an dem üblicherweise Haus und Hof sauber gemacht wurden – sofort ohne ein Wort den Hof zu kehren anfing; das Geräusch, das er mit dem Besen machte, in der Morgendämmerung, war ja

Zeichen genug. Als Tischler sei er dann sehr tüchtig und auch zufrieden gewesen.

Er und sein ältester Bruder sind im Zweiten Weltkrieg bald umgekommen. Der Großvater hatte inzwischen weitergespart und das Ersparte in der Arbeitslosigkeit der dreißiger Jahre von neuem verloren. Er sparte, und das hieß: er trank nicht und rauchte nicht; spielte kaum. Das einzige Spiel, das er sich erlaubte, war das sonntägliche Kartenspiel; aber auch das Geld, das er dabei gewann – und er spielte so vernünftig, daß er fast immer der Gewinner war –, war Spargeld, höchstens schnippte er seinen Kindern eine kleine Münze davon zu. Nach dem Krieg fing er wieder zu sparen an und hat, als Staatsrentner, bis heute nicht damit aufgehört.

Der überlebende Sohn, als Zimmermeister, der immerhin zwanzig Arbeiter beschäftigt, braucht nicht mehr zu sparen: er investiert; und das heißt auch, er *kann* trinken und spielen, das gehört sich sogar so. Im Gegensatz zu seinem ein Lebtag lang sprachlosen, allem abgeschworenen Vater hat er damit wenigstens eine Art Sprache gefunden, wenn er diese auch nur benutzt, als Gemeinderat eine von großer Zukunft mittels großer Vergangenheit schwärmende weltvergessene kleine Partei zu vertreten.

Als Frau in diese Umstände geboren zu werden, ist von vornherein schon tödlich gewesen. Man kann es aber auch beruhigend nennen: jedenfalls keine Zukunftsangst. Die Wahrsagerinnen auf den Kirchtagen lasen nur den Burschen ernsthaft die Zukunft aus den Händen; bei den Frauen war diese Zukunft ohnehin nichts als ein Witz.

Keine Möglichkeit, alles schon vorgesehen: kleine Schäkereien, ein Kichern, eine kurze Fassungslosigkeit, dann zum ersten Mal die fremde, gefaßte Miene, mit der man schon wieder abzuhausen begann, die ersten Kinder, ein bißchen noch Dabeisein nach dem Hantieren in der Küche, von Anfang an Überhörtwerden, selber immer mehr Weghören, Selbstgespräche, dann schlecht auf den Beinen, Krampfadern, nur noch ein Murmeln im Schlaf, Unterleibskrebs, und mit dem Tod ist die Vorsehung schließlich erfüllt. So hießen ja schon die Stationen eines Kinderspiels, das in der Gegend von den Mädchen viel gespielt wurde: Müde/Matt/ Krank/Schwerkrank/Tot.

Meine Mutter war das vorletzte von fünf

Kindern. In der Schule erwies sie sich als klug, die Lehrer schrieben ihr die bestmöglichen Zeugnisse, lobten vor allem die saubere Schrift, und dann waren die Schuljahre auch schon vorbei. Das Lernen war nur ein Kinderspiel gewesen, nach erfüllter Schulpflicht, mit dem Erwachsenwerden, wurde es unnötig. Die Frauen gewöhnten sich nun zu Hause an die künftige Häuslichkeit.

Keine Angst, außer die kreatürliche im Dunkeln und im Gewitter; nur Wechsel zwischen Wärme und Kälte, Nässe und Trockenheit, Behaglichkeit und Unbehagen.

Die Zeit verging zwischen den kirchlichen Festen, Ohrfeigen für einen heimlichen Tanzbodenbesuch, Neid auf die Brüder, Freude am Singen im Chor. Was in der Welt sonst passierte, blieb schleierhaft; es wurden keine Zeitungen gelesen als das Sonntagsblatt der Diözese und darin nur der Fortsetzungsroman.

Die Sonntage: das gekochte Rindfleisch mit der Meerrettichsoße, das Kartenspiel, das demütige Dabeihocken der Frauen, ein Foto der Familie mit dem ersten Radioapparat.

Meine Mutter hatte ein übermütiges Wesen, stützte auf den Fotos die Hände in die Hüften oder legte einen Arm um die Schulter des kleineren Bruders. Sie lachte immer und schien gar nicht anders zu können.

Regen – Sonne, draußen – drinnen: die weiblichen Gefühle wurden sehr wetterabhängig, weil »Draußen« fast immer nur der Hof sein durfte und »Drinnen« ausnahmslos das eigene Haus ohne eigenes Zimmer.

Das Klima in dieser Gegend schwankt sehr: kalte Winter und schwüle Sommer, aber bei Sonnenuntergang oder auch nur im Laubschatten fing man zu frösteln an. Viel Regen; schon Anfang September oft tagelang nasser Nebel vor den viel zu kleinen Fenstern, die auch heute kaum größer gebaut werden; Wassertropfen auf den Wäscheleinen, Kröten, die vor einem im Finstern über den Weg sprangen, Mücken, Insekten, Nachtfalter sogar am Tag, unter jedem Scheit in der Holzhütte Würmer und Asseln: davon mußte man abhängig werden, anderes gab es ja nicht. Selten wunschlos und irgendwie glücklich, meistens wunschlos und ein bißchen unglücklich.

Keine Vergleichsmöglichkeiten zu einer anderen Lebensform: auch keine Bedürftigkeit mehr?

Es fing damit an, daß meine Mutter plötzlich Lust zu etwas bekam: sie wollte lernen; denn beim Lernen damals als Kind hatte sie etwas von sich selber gefühlt. Es war gewesen, wie wenn man sagt: »Ich fühle mich.« Zum ersten Mal ein Wunsch, und er wurde auch ausgesprochen, immer wieder, wurde endlich zur fixen Idee. Meine Mutter erzählte, sie habe den Großvater »gebettelt«, etwas lernen zu dürfen. Aber das kam nicht in Frage: Handbewegungen genügten, um das abzutun; man winkte ab, es war undenkbar.

Immerhin gab es in der Bevölkerung eine überlieferte Achtung vor den vollendeten Tatsachen: eine Schwangerschaft, der Krieg, der Staat, das Brauchtum und der Tod. Als meine Mutter einfach von zu Hause wegging, mit fünfzehn oder sechzehn Jahren, und in einem Hotel am See kochen lernte, ließ der Großvater ihr den Willen, *weil sie nun schon einmal weggegangen war;* außerdem war beim Kochen wenig zu lernen.

Aber es gab schon keine andere Möglichkeit mehr: Abwaschhilfe, Stubenmädchen, Beiköchin, Hauptköchin. »Gegessen wird immer werden.« Auf den Fotos ein gerötetes Gesicht, glänzende Wangen, in schüchterne ernste Freundinnen eingehängt, die von ihr mitgezogen wurden; selbstbewußte Heiterkeit: »Mir kann nichts mehr passieren!«; eine geheimnislose, überschwengliche Lust zur Geselligkeit.

Das Stadtleben: kurze Kleider (»Fähnchen«), Schuhe mit hohen Absätzen, Wasserwellen und Ohrklipse, die unbekümmerte Lebenslust. Sogar ein Aufenthalt im Ausland!, als Stubenmädchen im Schwarzwald, viele VEREHRER, keiner ERHÖRT! Ausgehen, tanzen, sich unterhalten, lustig sein: die Angst vor der Sexualität wurde so überspielt; »es gefiel mir auch keiner«. Die Arbeit, das Vergnügen; schwer ums Herz, leicht ums Herz, Hitler hatte im Radio eine angenehme Stimme.

Das Heimweh derer, die sich nichts leisten können: zurück im Hotel am See, »jetzt mache ich schon die Buchhaltung«, lobende Zeugnisse: »Fräulein... hat sich... als anstellig und gelehrig erwiesen. Ihr Fleiß und ihr offenes, fröhliches Wesen machen es uns schwer... Sie verläßt unser Haus auf eigenen Wunsch.« Bootsfahrten, durchtanzte Nächte, keine Müdigkeit.

Am 10. April 1938: das deutsche Ja! »Um

16 Uhr 15 Minuten traf nach triumphaler Fahrt durch die Straßen Klagenfurts unter den Klängen des Badenweiler Marsches der Führer ein. Der Jubel der Massen schien keine Grenzen zu kennen. Im bereits eisfreien Wörthersee spiegelten sich die Tausende von Hakenkreuzfahnen der Kurorte und Sommerfrischen. Die Maschinen des Altreiches und unsere heimischen Flugzeuge flogen mit den Wolken um die Wette.«

In den Zeitungsannoncen wurden Abstimmungszeichen und Fahnen aus Seide oder nur Papier angeboten. Die Fußballmannschaften verabschiedeten sich nach Spielende mit dem vorschriftsmäßig ausgebrachten »Sieg Heil!«. Die Kraftfahrzeuge wurden statt »A« mit dem Kennzeichen »D« versehen. Im Radio 6.15 Befehlsdurchgabe, 6.35 Der Spruch, 6.40 Turnen, 20.00 Richard-Wagner-Konzert, bis Mitternacht Unterhaltung und Tanz vom Reichssender Königsberg.

»So muß dein Stimmzettel am 10. April aussehen: der *größere* Kreis unter dem Wort JA ist mit *kräftigen* Strichen zu durchkreuzen.«

Gerade aus der Haft entlassene rückfällig gewordene Diebe überführten sich selber, indem sie angaben, die fraglichen Sachen in Kaufhäusern gekauft zu haben, die, weil sie Juden gehörten, INZWISCHEN GAR NICHT MEHR BESTANDEN.

Kundgebungen mit Fackelzügen und Feierstunden; die mit neuen Hoheitszeichen versehenen Gebäude bekamen STIRNSEITEN und GRÜSSTEN; die Wälder und die Berggipfel SCHMÜCKTEN SICH; der ländlichen Bevölkerung wurden die geschichtlichen Ereignisse als Naturschauspiel vorgestellt.

»Wir waren ziemlich aufgeregt«, erzählte die Mutter. Zum ersten Mal gab es Gemeinschaftserlebnisse. Selbst die werktägliche Langeweile wurde festtäglich stimmungsvoll, »bis in die späten Nachtstunden hinein«. Endlich einmal zeigte sich für alles bis dahin Unbegreifliche und Fremde ein großer Zusammenhang: es ordnete sich in eine Beziehung zueinander, und selbst das befremdend automatische Arbeiten wurde sinnvoll, als Fest. Die Bewegungen, die man dabei vollführte, montierten sich dadurch, daß man sie im Bewußtsein gleichzeitig von unzähligen anderen ausgeführt sah, zu einem sportlichen Rhythmus – und das Leben bekam damit eine Form, in der man sich gut aufgehoben und doch frei fühlte.

Der Rhythmus wurde existentiell: als Ritual. »Gemeinnutz geht vor Eigennutz, Gemeinsinn geht vor Eigensinn.« So war man überall zu Hause, es gab kein Heimweh mehr. Viele Adressen auf den Rückseiten der Fotos, ein Notizbuch wurde erstmals angeschafft (oder geschenkt?): auf einmal waren so viele Leute Bekannte von einem, und es ereignete sich so viel, daß man etwas VERGESSEN konnte. Immer hatte sie auf etwas stolz sein wollen; weil nun alles, was man tat, irgendwie wichtig war, wurde sie wirklich stolz, nicht auf etwas Bestimmtes, sondern allgemein stolz, als Haltung, und als Ausdruck eines endlich erreichten Lebensgefühls; und diesen vagen Stolz wollte sie nicht mehr aufgeben.

Für Politik interessierte sie sich immer noch nicht: das, was sich so augenfällig abspielte, war für sie alles andere – eine Maskerade, eine UFA-Wochenschau (»Große Aktualitätenschau – Zwei Tonwochen!«), ein weltlicher Kirchtag. »Politik« war doch etwas Unsinnliches, Abstraktes, also kein Kostümfest, kein Reigen, keine Trachtenkapelle, jedenfalls nichts, was SICHTBAR wurde. Wohin man

schaute, Gepränge, und »Politik«: war was?
– ein Wort, das kein Begriff war, weil es einem schon in den Schulbüchern, wie alle po-
litischen Begriffe, ohne jede Beziehung zu
etwas Handgreiflichem, Reellem, eben nur
als Merkwort oder, wenn bildhaft, dann als
menschenloses Sinnbild eingetrichtert worden war: die Unterdrückung als Kette oder
Stiefelabsatz, die Freiheit als Berggipfel, das
Wirtschaftssystem als beruhigend rauchen-
der Fabrikschlot und als Feierabendpfeife,
und das Gesellschaftssystem als Stufenleiter
mit »Kaiser – König – Edelmann / Bürger
– Bauer – Leinenweber / Tischler – Bettler
– Totengräber«: ein Spiel, das im übrigen nur
in den kinderreichen Familien der Bauern,
Tischler und Leinenweber vollständig nach-
gespielt werden konnte.

Diese Zeit half meiner Mutter, aus sich her-
auszugehen und selbständig zu werden. Sie
bekam ein Auftreten, verlor die letzte Be-
rührungsangst: ein verrutschtes Hütchen,
weil ein Bursche ihren Kopf an den seinen
drückte, während sie nur selbstvergnügt in
die Kamera lachte. (Die Fiktion, daß Fotos

so etwas überhaupt »sagen« können –: aber ist nicht ohnehin jedes Formulieren, auch von etwas tatsächlich Passiertem, mehr oder weniger fiktiv? *Weniger,* wenn man sich begnügt, bloß Bericht zu erstatten; *mehr,* je genauer man zu formulieren versucht? Und je mehr man fingiert, desto eher wird vielleicht die Geschichte auch für jemand andern interessant werden, weil man sich eher mit Formulierungen identifizieren kann als mit bloß berichteten Tatsachen? – Deswegen das Bedürfnis nach Poesie? »Atemnot am Flußufer«, heißt eine Formulierung bei Thomas Bernhard.)

Der Krieg, eine Serie mit gewaltiger Musik angekündigter Erfolgsmeldungen aus dem stoffbespannten Lautsprecherkreis der in den düsteren »Herrgottswinkeln« geheimnisvoll leuchtenden Volksempfänger, steigerte noch das Selbstgefühl, indem er die »Ungewißheit aller Umstände vermehrte« (Clausewitz) und das früher täglich Selbstverständliche spannend zufällig werden ließ. Es war für meine Mutter kein die zukünftige Empfindungswelt mitbestimmendes Angstgespenst der frühen Kinderjahre gewesen, wie er es für mich dann sein sollte, sondern zunächst nur das Erlebnis einer sagenhaften Welt, von der man bis dahin höchstens die Prospekte betrachtet hatte. Ein neues Gefühl für Entfernungen, für das, was FRÜHER, im FRIEDEN, war, und vor allem für die einzelnen andern, die sonst nur wesenlose Kameraden-, Tanzpartner- und Kollegenrollen gespielt hatten. Erstmals auch ein Familiengefühl: »Lieber Bruder...! Ich schaue auf der Landkarte, wo Du jetzt sein könntest... Deine Schwester...«

Und so die erste Liebe: zu einem deutschen Parteigenossen, der, im Zivilberuf Sparkassenangestellter, nun als militärischer Zahlmeister ein bißchen etwas Besonderes war – und bald auch schon in andere Umstände gebracht. Er war verheiratet, und sie liebte ihn, sehr, ließ sich alles von ihm sagen. Sie stellte ihn den Eltern vor, machte mit ihm Ausflüge in die Umgebung, leistete ihm in seiner Soldateneinsamkeit Gesellschaft.

»Er war so aufmerksam zu mir, und ich hatte auch keine Angst vor ihm wie vor anderen Männern.«

Er bestimmte, und sie ging darauf ein. Einmal schenkte er ihr etwas: ein Parfüm. Er lieh ihr auch ein Radio für ihr Zimmer und holte es später wieder ab. »Damals« las er noch, und sie lasen zusammen ein Buch mit dem Titel »Am Kamin«. Bei einem Ausflug auf eine Alm, als sie auf dem Abstieg ein wenig liefen, entfuhr meiner Mutter ein Wind, und mein Vater verwies ihr das; im Weitergehen entschlüpfte ihm selber ein Furz, und er hüstelte. Sie krümmte sich ganz zusammen, als sie mir das später erzählte, und kicherte schadenfroh und doch mit schlechtem Gewissen, weil sie gerade ihre einzige Liebe schlecht machte. Es belustigte sie selber, daß sie einmal jemanden, und gerade so einen, liebgehabt hatte. Er war kleiner als sie, viele Jahre älter, fast kahlköpfig, sie ging in flachen Schuhen neben ihm her, immer den Schritt wechselnd, um sich ihm anzupassen, in einen abweisenden Arm eingehängt, aus dem sie immer wieder herausrutschte, ein ungleiches, lachhaftes Paar – und trotzdem sehnte sie sich noch zwanzig Jahre später danach, wieder für jemanden so etwas empfinden zu können wie einst nach mickrigen Knigge-Aufmerksamkeiten für diese Sparkassenexistenz. Aber es gab

keinen ANDEREN mehr: die Lebensumstände hatten sie zu einer Liebe erzogen,
die auf einen nicht austauschbaren, nicht
ersetzbaren Gegenstand fixiert bleiben
mußte.

Nach der Matura sah ich meinen Vater zum
ersten Mal: vor der Verabredungszeit kam
er mir zufällig auf der Straße entgegen, ein
geknicktes Papier auf der sonneverbrannten
Nase, Sandalen an den Füßen, einen Collie-
hund an der Leine. In einem kleinen Café
ihres Heimatortes traf er sich dann mit seiner
ehemaligen Geliebten, die Mutter aufgeregt,
der Vater ratlos; ich stand weit weg an der
Musikbox und drückte »Devil in Disguise«
von Elvis Presley. Der Ehemann hatte Wind
von dem allen bekommen, schickte aber nur
als Zeichen den jüngsten Sohn in das Café,
wo das Kind ein Eis kaufte, dann neben der
Mutter und dem Fremden stehenblieb und
sie ab und zu mit immer den gleichen Worten
fragte, wann sie denn endlich nach Hause
gehe. Mein Vater steckte ein Sonnenbrillen-
gestell auf die andere Brille, redete zwischendurch zu dem Hund, wollte dann
»schon einmal« zahlen. »Nein, nein, ich lade
dich ein«, sagte er, als auch meine Mutter

das Geldtäschchen aus der Handtasche nahm. Von unserer Urlaubsreise schickten wir ihr eine gemeinsame Ansichtskarte. Überall, wo wir uns einquartierten, verbreitete er, daß ich sein Sohn sei, denn er wollte auf keinen Fall, daß man uns für Homosexuelle (»Hundertfünfundsiebziger«) hielt. Das Leben hatte ihn enttäuscht, er war mehr und mehr vereinsamt. »Seit ich die Menschen kenne, liebe ich die Tiere«, sagte er, natürlich nicht ganz im Ernst.

Kurz vor der Entbindung heiratete meine Mutter einen Unteroffizier der Deutschen Wehrmacht, der sie schon lange VEREHRTE und dem es auch nichts ausmachte, daß sie ein Kind von einem andern bekam. »Die oder keine!« hatte er auf den ersten Blick gedacht und gleich mit seinen Kameraden darauf gewettet, daß er sie bekommen würde, beziehungsweise daß sie ihn nehmen würde. Er war ihr zuwider, aber man redete ihr das Pflichtbewußtsein ein (dem Kind einen Vater geben): zum ersten Mal ließ sie sich einschüchtern, das Lachen verging ihr ein bißchen. Außerdem imponierte es ihr, daß jemand sich gerade sie in den Kopf gesetzt hatte.

»Ich glaubte, er würde ohnehin im Krieg fallen«, erzählte sie. »Aber dann hatte ich auf einmal doch Angst um ihn.«

Jedenfalls hatte sie nun Anspruch auf ein Ehestandsdarlehen. Mit dem Kind fuhr sie nach Berlin zu den Eltern ihres Mannes. Man duldete sie. Die ersten Bomben fielen schon, sie fuhr zurück, eine Allerweltsgeschichte, sie lachte wieder, schrie dabei oft, daß man zusammenschrak.

Den Ehemann vergaß sie, sie drückte das Kind an sich, daß es weinte, verkroch sich im Haus, wo man, nach dem Tod der Brüder, begriffsstützig aneinander vorbeischaute. Kam denn nichts mehr? Sollte es das schon gewesen sein? Seelenmessen, die Kinderkrankheiten, zugezogene Vorhänge, Briefwechsel mit alten Bekannten aus den unbeschwerten Tagen, Sich-nützlich-machen in der Küche und bei der Feldarbeit, von der man immer wieder weglief, um das Kind in den Schatten zu legen; dann die Sirenen des Ernstfalls, auch schon auf dem Land, das Gerenne der Bevölkerung zu den als Luftschutzbunkern vorgesehenen Felshöhlen, der erste Bombentrichter im Dorf, später Spielplatz und Abfallgrube.

Gerade die hellichten Tage wurden gespenstisch, und die Umwelt, im lebenslangen täglichen Umgang aus den Kinderalpträumen nach außen geschwitzt und damit vertraut gemacht, geisterte wieder durch die Gemüter als unfaßbare Spukerscheinung.

Meine Mutter stand bei allen Ereignissen wie mit offenem Mund daneben. Sie wurde nicht schreckhaft, lachte höchstens, vom allgemeinen Schrecken angesteckt, einmal kurz auf, weil sie sich gleichzeitig schämte, daß der Körper sich plötzlich so ungeniert selbständig machte. »Schämst du dich nicht?« oder »Du sollst dich schämen!« war schon für das kleine und vor allem für das heranwachsende Mädchen der von den andern ständig vorgehaltene Leitfaden gewesen. Eine Äußerung von weiblichem Eigenleben in diesem ländlich-katholischen Sinnzusammenhang war überhaupt vorlaut und unbeherrscht; schiefe Blicke, so lange, bis die Beschämung nicht mehr nur possierlich gemimt wurde, sondern schon ganz innen die elementarsten Empfindungen abschreckte. »Weibliches Erröten« sogar in der Freude, weil man sich dieser

Freude gehörigst schämen mußte; in der Traurigkeit wurde man nicht blaß, sondern rot im Gesicht, und brach statt in Tränen in Schweiß aus.

Meine Mutter hatte in der Stadt schon geglaubt, eine Lebensform gefunden zu haben, die ihr ein wenig entsprach, bei der sie sich jedenfalls wohl fühlte – nun merkte sie, daß die Lebensform der andern, indem sie jede zweite Möglichkeit ausschloß, auch als alleinseligmachender Lebens*inhalt* auftrat. Wenn sie von sich selber sprach, über einen berichtenden Satz hinaus, wurde sie mit einem Blick schon zum Schweigen gebracht. Die Lebenslust, ein Tanzschritt bei der Arbeit, das Nachsummen eines Schlagers, war eine Flause im Kopf und kam einem, weil niemand darauf einging und man damit allein blieb, auch bald selber so vor. Die anderen lebten ihr eigenes Leben zugleich als Beispiel vor, aßen so wenig zum Beispielnehmen, schwiegen sich voreinander aus zum Beispielnehmen, gingen zur Beichte nur, um den zu Hause Bleibenden an seine Sünden zu erinnern.

So wurde man ausgehungert. Jeder kleine Versuch, sich klarzumachen, war nur ein Zurückmaulen. Man fühlte sich ja frei – konnte aber nicht heraus damit. Die anderen waren zwar Kinder; aber man wurde bedrückt, wenn gerade Kinder einen so strafend anschauten.

Bald nach Kriegsende fiel meiner Mutter der Ehemann ein, und obwohl niemand nach ihr verlangt hatte, fuhr sie wieder nach Berlin. Auch der Mann hatte vergessen, daß er einmal, in einer Wette, auf sie aus gewesen war, und lebte mit einer Freundin zusammen; damals war ja Krieg gewesen.

Aber sie hatte das Kind mitgebracht, und lustlos befolgten beide das Pflichtprinzip.

Zur Untermiete in einem großen Zimmer in Berlin-Pankow, der Mann, Straßenbahn-Fahrer, trank, Straßenbahn-Schaffner, trank, Bäcker, trank, die Frau ging immer wieder mit dem inzwischen zweiten Kind zum Brotgeber und bat, es noch einmal zu versuchen, die Allerweltsgeschichte.

In diesem Elend verlor meine Mutter die ländlichen Pausbacken und wurde eine recht elegante Frau. Sie trug den Kopf hoch und bekam einen Gang. Sie war nun so weit, daß sie sich alles anziehen konnte, und es kleidete sie. Sie brauchte keinen Fuchs um die Schultern. Wenn der Mann, nach dem Rausch wieder nüchtern, sich an sie hängte und ihr bedeutete, daß er sie liebe, lächelte sie ihn erbarmungslos mitleidig an. Nichts mehr konnte ihr etwas anhaben.

Sie gingen viel aus und waren ein schönes Paar. Wenn er betrunken war, wurde er FRECH, und sie mußte STRENG zu ihm werden. Dann schlug er sie, weil sie ihm nichts zu sagen hatte und er es doch war, der das Geld heimbrachte.

Ohne sein Wissen trieb sie sich mit einer Nadel ein Kind ab.

Eine Zeitlang wohnte er bei seinen Eltern, dann wurde er zu ihr zurückgeschickt. Kindheitserinnerungen: das frische Brot, das er manchmal nach Hause brachte, die schwarzen fettigen Pumpernickel, um die herum das düstere Zimmer aufblühte, die lobenden Worte der Mutter.

In diesen Erinnerungen gibt es überhaupt mehr Sachen als Menschen, ein tanzender Kreisel auf einer leeren Ruinenstraße, Haferflocken auf einem Zuckerlöffel, grauer Ausspeisungsschleim in einem Blechnapf mit russischem Markenzeichen, und von den Menschen nur Einzelteile: Haare, die Wan-

gen, verknotete Narben an den Fingern; –
die Mutter hatte aus ihren Kindertagen einen
mit wildem Fleisch vernarbten Schnitt am
Zeigefinger, und an diesem harten Höcker
hielt man sich fest, wenn man neben ihr her
ging.

Sie war also nichts geworden, konnte auch
nichts mehr werden, das hatte man ihr nicht
einmal vorauszusagen brauchen. Schon erzählte sie von »meiner Zeit damals«, obwohl
sie noch nicht einmal dreißig Jahre alt war.
Bis jetzt hatte sie nichts »angenommen«, nun
wurden die Lebensumstände so kümmerlich,
daß sie erstmals vernünftig sein mußte. Sie
nahm Verstand an, ohne etwas zu verstehen.
Sie hatte schon angefangen, sich etwas aus-
zudenken, und sogar so gut es ging danach
zu leben versucht – dann das »Sei doch vernünftig!« – der Vernunft-Reflex – »Ich bin
ja schon still!«
Sie wurde also eingeteilt und lernte auch selber das Einteilen, an Leuten und Gegenstän-
den, obwohl daran kaum etwas zu lernen
war: die Leute, nicht ansprechbarer Ehe-

mann und noch nicht ansprechbare Kinder, zählten kaum, und die Gegenstände standen ohnehin fast nur in den allerkleinsten Einheiten zur Verfügung – so mußte sie kleinlich und haushälterisch werden: die Sonntagsschuhe durfte man nicht wochentags tragen, das Ausgeh-Kleid mußte man zu Hause gleich wieder an den Bügel hängen, das Einkaufsnetz war nicht zum Spielen da!, das warme Brot erst für morgen. (Noch meine Firmungsuhr später wurde gleich nach der Firmung weggesperrt.)

Aus Hilflosigkeit nahm sie Haltung an und wurde sich dabei selbst über. Sie wurde verletzlich und versteckte das mit ängstlicher, überanstrengter Würde, unter der bei der geringsten Kränkung sofort panisch ein wehrloses Gesicht hervorschaute. Sie war ganz leicht zu erniedrigen.

Wie ihr Vater glaubte sie sich nichts mehr gönnen zu dürfen und bat doch wieder mit verschämtem Lachen die Kinder, sie an einer Süßigkeit einmal mitlecken zu lassen.

Bei den Nachbarn war sie beliebt und wurde angestaunt, sie hatte ein österreichisch geselliges, sangesfreudiges Wesen, ein GERADER Mensch, nicht kokett und geziert wie die

Großstadtmenschen, man konnte ihr nichts nachsagen. Auch mit den Russen vertrug sie sich, weil sie sich auf slowenisch mit ihnen verständigen konnte. Sie redete dann viel, einfach alles, was sie an gemeinsamen Worten wußte, das befreite sie.

Aber nie hatte sie Lust auf ein Abenteuer. Dafür wurde es ihr in der Regel zu früh schwer ums Herz; die immer gepredigte, inzwischen verkörperte Scham. Ein Abenteuer konnte sie sich nur so vorstellen, daß jemand von ihr »etwas wollte«; und das schreckte sie ab, schließlich wollte sie auch von niemandem was. Die Männer, mit denen sie später gern zusammen war, waren KAVALIERE, das gute Gefühl, das sie bei ihnen hatte, genügte ihr als Zärtlichkeit. Wenn nur jemand zum Reden da war, wurde sie gelöst und fast glücklich. Sie ließ es nicht mehr zu, daß man sich ihr näherte, es hätte denn mit jener Behutsamkeit sein müssen, unter der sie sich einmal als eigener Mensch gefühlt hatte – aber die erlebte sie nur noch im Traum.

Sie wurde ein neutrales Wesen, veräußerte sich in den täglichen Kram.

Sie war nicht einsam, spürte sich höchstens als etwas Halbes. Aber es gab niemanden,

38

der sie ergänzte. »Wir ergänzten uns so gut«, erzählte sie aus ihrer Zeit mit dem Sparkassenangestellten; das wäre ihr Ideal von ewiger Liebe gewesen.

Der Nachkrieg; die Großstadt: ein Stadtleben wie früher war in dieser Stadt nicht möglich. Bergauf und bergab lief man über Schutt durch sie hindurch, um Wege abzukürzen, und mußte doch immer wieder in den langen Schlangen ziemlich hinten stehen, abgedrängt von den zu Ellenbogen verkümmerten, in die Luft schauenden Zeitgenossen. Ein kurzes, unglückliches Lachen, Wegschauen von einem selber, wie die andern in der Luft herum, dabei ertappt, daß man ein Bedürfnis gezeigt hatte wie diese andern, gekränkter Stolz, Versuche, sich doch noch zu behaupten, kläglich, weil man gerade dadurch verwechselbar und austauschbar mit den Umstehenden wurde: etwas Stoßendes Gestoßenes, Schiebendes Geschobenes, Schimpfendes Beschimpftes.
Der Mund, bis jetzt immer noch wenigstens ab und zu offengeblieben, im jugendlichen Erstaunen (oder im weiblichen So-Tun-

Als-Ob), in der ländlichen Schreckhaftigkeit, am Ende eines Tagtraums, der das schwere Herz erleichterte, wurde in dieser neuen Lebenslage übertrieben fest geschlossen, als Zeichen der Anpassung an eine allgemeine Entschlossenheit, die, weil es kaum etwas gab, zu dem man sich *persönlich* entschließen konnte, doch nur eine Schau sein konnte.

Ein maskenhaftes Gesicht – nicht maskenhaft starr, sondern maskenhaft bewegt –, eine verstellte Stimme, die, ängstlich um Nicht-Auffallen bemüht, nicht nur den andern Dialekt, sondern auch die fremden Redensarten nachsprach – »Wohl bekomm's!«, »Laß deine Pfoten davon!«, »Du ißt heute wieder wie ein Scheunendrescher!« –, eine abgeschaute Körperhaltung mit Hüftknick, einen Fuß vor den andern gestellt... das alles, nicht um ein andrer Mensch, sondern um ein TYP zu werden: von einer Vorkriegserscheinung zu einer Nachkriegserscheinung, von einer Landpomeranze zu einem Großstadtgeschöpf, bei dem als Beschreibung genügte: GROSS, SCHLANK, DUNKELHAARIG.

In einer solchen Beschreibung als Typ fühlte man sich auch von seiner eigenen Geschichte befreit, weil man auch sich selber nur noch

40

erlebte wie unter dem ersten Blick eines erotisch taxierenden Fremden.

So wurde ein Seelenleben, das nie die Möglichkeit hatte, beruhigt bürgerlich zu werden, wenigstens oberflächlich verfestigt, indem es hilflos das bürgerliche, vor allem bei Frauen übliche Taxiersystem für den Umgang miteinander nachahmte, wo der andre mein Typ ist, ich aber nicht seiner, oder ich seiner, er aber nicht meiner, oder wo wir füreinander geschaffen sind oder einer den andern nicht riechen kann, – wo also alle Umgangsformen schon so sehr als verbindliche Regeln aufgefaßt werden, daß jedes mehr *einzelne,* auf den andern ein bißchen eingehende Verhalten nur eine Ausnahme von diesen Regeln bedeutet. »Eigentlich war er nicht mein Typ«, sagte die Mutter zum Beispiel von meinem Vater. Man lebte also nach dieser Typenlehre, fand sich dabei angenehm objektiviert und litt auch nicht mehr an sich, weder an seiner Herkunft, noch an seiner vielleicht schuppigen, schweißfüßigen Individualität, noch an den täglich neu gestellten Weiterlebensbedingungen; als Typ trat ein Menschlein aus seiner beschämenden Einsamkeit und Beziehungslosigkeit hervor, verlor sich und wurde doch einmal wer, wenn auch nur im Vorübergehen.

Dann schwebte man nur so durch die Straßen, beflügelt von allem, an dem man sorglos vorbeigehen konnte, abgestoßen von allem, das ein Stehenbleiben forderte und einen dabei wieder mit sich selber behelligte: von den Menschenschlangen, einer hohen Brücke über der Spree, einem Schaufenster mit Kinderwagen. (Wieder hatte sie sich heimlich ein Kind abgetrieben.) Ruhelos, damit man ruhig blieb, rastlos, um von sich selber loszukommen. Motto: »Heute will ich an nichts denken, heute will ich nur lustig sein.«

Zeitweise glückte das, und alles Persönliche verlor sich ins Typische. Dann war sogar das Traurigsein nur eine kurze Phase der Lustigkeit: »Verlassen, verlassen, / wie ein Stein auf der Straßen / so verlassen bin ich«; mit der narrensicher imitierten Melancholie dieses künstlichen Heimatliedes steuerte sie ihren Teil zur allgemeinen und auch eigenen Lustbarkeit bei, worauf das Programm zum Beispiel weiterging mit männlichem Witzeerzählen, bei dessen schon im voraus zotenhaften Tonfall man erlöst mitlachen konnte. Zu Hause freilich die VIER WÄNDE, und mit diesen allein; ein bißchen hielt die Beschwingtheit noch an, ein Summen, der Tanzschritt beim Schuhausziehen, ganz kurz der Wunsch, aus der Haut zu fahren, aber schon schleppte man sich durch das Zimmer, vom Mann zum Kind, vom Kind zum Mann, von einer Sache zur andern.

Sie verrechnete sich jedesmal; zu Hause funktionierten die kleinen bürgerlichen Erlösungssysteme eben nicht mehr, weil die Lebensumstände – die Einzimmerwohnung, die Sorge um nichts als das tägliche Brot, die fast nur auf unwillkürliche Mimik, Gestik und verlegenen Geschlechtsverkehr beschränkte Verständigungsform mit dem LEBENSGEFÄHRTEN – sogar noch vor-bürgerlich waren. Man mußte schon außer Haus gehen, um wenigstens ein bißchen etwas vom Leben zu haben. Draußen der Sieger-Typ, drinnen die schwächere Hälfte, der ewige Verlierer. Das war kein Leben!

Sooft sie später davon erzählte – und sie hatte ein Bedürfnis, zu *erzählen* –, schüttelte sie sich zwischendurch oft vor Ekel und vor Elend, wenn auch so zaghaft, daß sie beides damit nicht *ab*schüttelte, sondern eher nur schaudernd wiederbelebte.

Ein lächerliches Schluchzen in der Toilette aus meiner Kinderzeit her, ein Schneuzen, rote Hasenaugen. Sie war; sie wurde; sie wurde nichts.

(Natürlich ist es ein bißchen unbestimmt, was da über jemand Bestimmten geschrieben steht; aber nur die von meiner Mutter als einer möglicherweise einmaligen Hauptperson in einer vielleicht einzigartigen Geschichte ausdrücklich absehenden Verallgemeinerungen können jemanden außer mich selber betreffen – die bloße Nacherzählung eines wechselnden Lebenslaufs mit plötzlichem Ende wäre nichts als eine Zumutung.

Das Gefährliche bei diesen Abstraktionen und Formulierungen ist freilich, daß sie dazu neigen, sich selbständig zu machen. Sie vergessen dann die Person, von der sie ausgegangen sind – eine Kettenreaktion von Wendungen und Sätzen wie Bilder im Traum, ein Literatur-Ritual, in dem ein individuelles Leben nur noch als Anlaß funktioniert.

Diese zwei Gefahren – einmal das bloße Nacherzählen, dann das schmerzlose Verschwinden einer Person in poetischen Sätzen

44

– verlangsamen das Schreiben, weil ich fürchte, mit jedem Satz aus dem Gleichgewicht zu kommen. Das gilt ja für jede literarische Beschäftigung, besonders aber in diesem Fall, wo die Tatsachen so übermächtig sind, daß es kaum etwas zum Ausdenken gibt.

Anfangs ging ich deswegen auch noch von den Tatsachen aus und suchte nach Formulierungen für sie. Dann merkte ich, daß ich mich auf der Suche nach Formulierungen schon von den Tatsachen entfernte. Nun ging ich von den bereits verfügbaren Formulierungen, dem gesamtgesellschaftlichen Sprachfundus aus statt von den Tatsachen und sortierte dazu aus dem Leben meiner Mutter die Vorkommnisse, die in diesen Formeln schon vorgesehen waren; denn nur in einer nicht-gesuchten, öffentlichen Sprache könnte es gelingen, unter all den nichtssagenden Lebensdaten die nach einer Veröffentlichung schreienden herauszufinden.

Ich vergleiche also den allgemeinen Formelvorrat für die Biographie eines Frauenlebens satzweise mit dem besonderen Leben meiner Mutter; aus den Übereinstimmungen und Widersprüchlichkeiten ergibt sich dann die

45

eigentliche Schreibtätigkeit. Wichtig ist nur, daß ich keine bloßen Zitate hinschreibe; die Sätze, auch wenn sie wie zitiert aussehen, dürfen in keinem Moment vergessen lassen, daß sie von jemand, zumindest für mich, Besonderem handeln – und nur dann, mit dem persönlichen, meinetwegen privaten Anlaß ganz fest und behutsam im Mittelpunkt, kämen sie mir auch brauchbar vor.

Eine andere Eigenart dieser Geschichte: ich entferne mich nicht, wie es sonst in der Regel passiert, von Satz zu Satz mehr aus dem Innenleben der beschriebenen Gestalten und betrachte sie am Ende befreit und in heiterer Feierstimmung von außen, als endlich eingekapselte Insekten – sondern versuche mich mit gleichbleibendem starren Ernst an jemanden heranzuschreiben, den ich doch mit keinem Satz ganz fassen kann, so daß ich immer wieder neu anfangen muß und nicht zu der üblichen abgeklärten Vogelperspektive komme.

Sonst gehe ich nämlich von mir selber und dem eigenen Kram aus, löse mich mit dem fortschreitenden Schreibvorgang immer mehr davon und lasse schließlich mich und den Kram fahren, als Arbeitsprodukt und

Warenangebot – dieses Mal aber, da ich nur der *Beschreibende* bin, nicht aber auch die Rolle des *Beschriebenen* annehmen kann, gelingt mir das Distanznehmen nicht. Nur von mir kann ich mich distanzieren, meine Mutter wird und wird nicht, wie ich sonst mir selber, zu einer beschwingten und in sich schwingenden, mehr und mehr heiteren Kunstfigur. Sie läßt sich nicht einkapseln, bleibt unfaßlich, die Sätze stürzen in etwas Dunklem ab und liegen durcheinander auf dem Papier.

»Etwas Unnennbares«, heißt es oft in Geschichten, oder: »Etwas Unbeschreibliches«, und ich halte das meistens für faule Ausreden; doch diese Geschichte hat es nun wirklich mit Namenlosem zu tun, mit sprachlosen Schrecksekunden. Sie handelt von Momenten, in denen das Bewußtsein vor Grausen einen Ruck macht; von Schreckzuständen, so kurz, daß die Sprache für sie immer zu spät kommt; von Traumvorgängen, so gräßlich, daß man sie leibhaftig als Würmer im Bewußtsein erlebt. Atemstocken, erstarren, »eine eisige Kälte kroch mir den Rücken hinauf, die Haare sträubten sich mir im Nacken« – immer wieder Zustände aus einer Gespenstergeschichte, beim Aufdrehen eines Wasserhahns, den man schleunigst wieder zudrehte, am Abend auf der Straße mit einer Bierflasche in der Hand, nur eben Zustände, keine runde Geschichte mit einem zu erwartenden, so oder so tröstlichen Ende.

Höchstens im Traumleben wird die Geschichte meiner Mutter kurzzeitig faßbar: weil dabei ihre Gefühle so körperlich werden, daß ich diese als Doppelgänger erlebe und mit ihnen identisch bin; aber das sind gerade die schon erwähnten Momente, wo das äußerste Mitteilungsbedürfnis mit der äußersten Sprachlosigkeit zusammentrifft. Deswegen fingiert man die Ordentlichkeit eines üblichen Lebenslaufschemas, indem man schreibt: »Damals – später«, »Weil – obwohl«, »war – wurde – wurde nichts«, und hofft, dadurch der Schreckensseligkeit Herr zu werden. Das ist dann vielleicht das Komische an der Geschichte.)

Im Frühsommer 1948 verließ meine Mutter mit dem Ehemann und den zwei Kindern, das knapp einjährige Mädchen in einer Einkaufstasche, ohne Papiere den Ostsektor. Sie

überquerten heimlich, jeweils im Morgen-
grauen, zwei Grenzen, einmal ein Haltruf eines russischen Grenzsoldaten und als Lo-
sungswort die slowenische Antwort der
Mutter, für das Kind ab damals eine Dreiheit
von Morgendämmerung, Flüstern und Ge-
fahr, eine fröhliche Aufregung auf der Eisen-
bahnfahrt durch Österreich, und wieder
wohnte sie in ihrem Geburtshaus, wo man
ihr und ihrer Familie in zwei kleinen Kammern Quartier einräumte. Der Ehemann
wurde als erster Arbeiter beim Zimmermei-
sterbruder eingestellt, sie selber wieder ein
Teil der früheren Hausgemeinschaft.
Anders als in der Stadt war sie hier stolz, daß
sie Kinder hatte, und zeigte sich auch mit ihnen. Sie ließ sich von niemandem mehr etwas
sagen. Früher hatte sie höchstens ein bißchen
zurückgeprotzt; jetzt lachte sie die anderen
einfach aus. Sie konnte jeden so auslachen,
daß er ziemlich still wurde. Vor allem der
Ehemann wurde, sooft er von seinen vielen
Vorhaben erzählte, jedesmal so scharf aus-
gelacht, daß er bald stockte und nur noch
stumpf zum Fenster hinausschaute. Freilich
fing er am nächsten Tag frisch davon an. (In
diesen Auslachgeräuschen der Mutter wird

die Zeit damals wieder lebendig!) So unterbrach sie auch die Kinder, wenn die sich etwas wünschten, indem sie sie auslachte; denn es war lächerlich, ernstlich Wünsche zu äußern. Inzwischen brachte sie das dritte Kind zur Welt.

Sie nahm wieder den heimischen Dialekt an, wenn auch nur spielerisch: eine Frau mit AUSLANDSERFAHRUNG. Auch die Freundinnen von früher lebten inzwischen fast alle wieder in dem Geburtsort; in die Stadt und über die Grenzen waren sie nur kurz einmal ausgeflogen.

Freundschaft in dieser zum Großteil aufs Wirtschaften und pure Auskommen beschränkten Lebensform bedeutete höchstens, daß man miteinander vertraut war, nicht aber, daß man dem andern auch etwas anvertraute. Es war ohnehin klar, daß jeder die gleichen Sorgen hatte – man unterschied sich nur darin, daß der eine sie halt leichter nahm und der andere schwerer, es war alles eine Temperamentssache.

Leute in dieser Bevölkerungsschicht, die gar keine Sorgen hatten, wurden wunderlich; Spinner. Die Betrunkenen wurden nicht redselig, nur noch schweigsamer, schlugen vielleicht Krach oder jauchzten einmal, versanken wieder in sich selber, bis sie in der Polizeistunde plötzlich rätselhaft zu schluchzen begannen und den Nächststehenden umarmten oder verprügelten.

Es gab nichts von einem selber zu erzählen; auch in der Kirche bei der Osterbeichte, wo wenigstens einmal im Jahr etwas von einem selber zu Wort kommen konnte, wurden nur die Stichworte aus dem Katechismus hingemurmelt, in denen das Ich einem wahrhaftig fremder als ein Stück vom Mond erschien. Wenn jemand von sich redete und nicht einfach schnurrig etwas erzählte, nannte man ihn »eigen«. Das persönliche Schicksal, wenn es sich überhaupt jemals als etwas Eigenes entwickelt hatte, wurde bis auf Traumreste entpersönlicht und ausgezehrt in den Riten der Religion, des Brauchtums und der guten Sitten, so daß von den Individuen kaum etwas Menschliches übrigblieb; »Individuum« war auch nur bekannt als ein Schimpfwort.

Der schmerzensreiche Rosenkranz; der glorreiche Rosenkranz; das Erntedankfest; die Volksabstimmungsfeier; die Damenwahl; das Bruderschafttrinken; das In-den-April-Schicken; die Totenwache; der Silvesterkuß:

– in diesen Formen veräußerlichten privater Kummer, Mitteilungsdrang, Unternehmungslust, Einmaligkeitsgefühl, Fernweh, Geschlechtstrieb, überhaupt jedes Gedankenspiel mit einer verkehrten Welt, in der alle Rollen vertauscht wären, und man war sich selber kein Problem mehr.

Spontan zu leben – am *Werk*tag spazierengehen, sich ein zweites Mal verlieben, als Frau allein im Gasthaus einen Schnaps trinken –, das hieß schon, eine Art von Unwesen treiben; »spontan« stimmte man höchstens in einen Gesang ein oder forderte einander zum Tanz auf.

Um eine eigene Geschichte und eigene Gefühle betrogen, fing man mit der Zeit, wie man sonst von Haustieren, zum Beispiel Pferden, sagte, zu »fremdeln« an: man wurde scheu und redete kaum mehr, oder wurde ein bißchen verdreht und schrie in den Häusern herum.

Die erwähnten Riten hatten dann eine Trostfunktion. Der Trost: er ging nicht etwa auf einen ein, man ging vielmehr in ihm auf; war endlich damit einverstanden, daß man als Individuum nichts, jedenfalls nichts Besonderes war.

Man erwartete endgültig keine persönlichen Auskünfte mehr, weil man kein Bedürfnis mehr hatte, sich nach etwas zu erkundigen. Die Fragen waren alle zu Floskeln geworden, und die Antworten darauf waren so stereotyp, daß man dazu keine *Menschen* mehr brauchte, *Gegenstände* genügten: das süße Grab, das süße Herz Jesu, die süße schmerzensreiche Madonna verklärten sich zu Fetischen für die eigene, die täglichen Nöte versüßende Todessehnsucht; vor diesen tröstlichen Fetischen verging man. Und durch den täglich gleichförmigen Umgang mit immer denselben Sachen wurden auch diese einem heilig; nicht das Nichtstun war süß, sondern das Arbeiten. Es blieb einem ohnehin nichts anderes übrig.

Man hatte für nichts mehr Augen. »Neugier« war kein Wesensmerkmal, sondern eine weibliche oder weibische Unart.

Aber meine Mutter hatte ein neugieriges Wesen und kannte keine Trostfetische. Sie versenkte sich nicht in die Arbeit, verrichtete sie nur nebenbei und wurde so unzufrieden. Der Weltschmerz der katholischen Religion war ihr fremd, sie glaubte nur an ein diesseitiges Glück, das freilich wiederum nur etwas

Zufälliges war; sie selber hatte zufällig Pech gehabt.

Sie würde es den Leuten noch zeigen!

Aber wie?

Wie gern wäre sie richtig leichtsinnig gewesen! Und dann wurde sie einmal wirklich leichtsinnig: »Heute war ich leichtsinnig und habe mir eine Bluse gekauft.« Immerhin, und das war in ihrer Umgebung schon viel, gewöhnte sie sich das Rauchen an und rauchte sogar in der Öffentlichkeit.

Viele Frauen in der Gegend waren heimliche Trinkerinnen; ihre dicken schiefen Lippen stießen sie ab: damit konnte man es niemandem zeigen. Höchstens wurde sie beschwipst – und trank dann mit jemandem Bruderschaft. Auf diese Weise stand sie bald mit den jüngeren Honoratioren auf du und du. Sie war in der Gesellschaft, die sich sogar in dem kleinen Ort, aus den wenigen Bessergestellten, gebildet hatte, gern gesehen. Einmal gewann sie als Römerin auf einem Kostümball den ersten Preis. Zumindest beim Vergnügen gab sich die ländliche Gesellschaft klassenlos, sofern man nur GEPFLEGT und LUSTIG UND FIDEL war.

Zu Hause war sie »die Mutter«, auch der Ehemann nannte sie öfter so als bei ihrem Vornamen. Sie ließ es sich gefallen, das Wort beschrieb das Verhältnis zu ihrem Mann auch besser; er war ihr nie so etwas wie ein Schatz gewesen.

Sie war es nun, die sparte. Das Sparen konnte freilich kein Beiseitelegen von Geld sein wie bei ihrem Vater, es mußte ein *Ab*-sparen sein, ein Einschränken der Bedürfnisse wo weit, daß diese bald als GELÜSTE erschienen und noch weiter eingeschränkt wurden.

Aber auch innerhalb dieses kümmerlichen Spielraums beschwichtigte man sich damit, daß man zumindest das *Schema* einer bürgerlichen Lebensführung nachahmte: noch immer gab es eine wenn auch lachhafte Einteilung der Güter in notwendige, bloß nützliche und luxuriöse.

Notwendig war dann nur das Essen; nützlich das Heizmaterial für den Winter; alles andere war schon Luxus.

Daß dafür noch einiges übrigblieb, half wenigstens einmal in der Woche zu einem kleinen stolzen Lebensgefühl: »Uns geht es immer noch besser als anderen.«

Man leistete sich also folgenden Luxus: eine Kinokarte in der neunten Reihe und danach ein Glas gespritzten Wein; eine Tafel Bensdorp-Schokolade um einen oder zwei Schilling für die Kinder am nächsten Morgen; einmal im Jahr eine Flasche selbsterzeugten Eierlikör; manchmal im Winter sonntags den Schlagrahm, den man die Woche hindurch gesammelt hatte, indem man den Milchtopf über Nacht jeweils zwischen die beiden Winterfensterscheiben stellte. War das dann ein Fest! würde ich schreiben, wenn das meine eigene Geschichte wäre; aber es war nur das sklavenhafte Nachäffen einer unerreichbaren Lebensart, das Kinderspiel vom irdischen Paradies.

Weihnachten: das, was ohnedies nötig war, wurde als Geschenk verpackt. Man überraschte einander mit dem Notwendigen, mit Unterwäsche, Strümpfen, Taschentüchern, und sagte, daß man sich gerade das auch GEWÜNSCHT hätte! Auf diese Weise spielte man bei fast allem, außer beim Essen, den Beschenkten; ich war aufrichtig dankbar zum Beispiel für die notwendigsten Schulsachen, legte sie wie Geschenke neben das Bett.

Ein Leben nicht über die Verhältnisse, von Monatsstunden bestimmt, die sie für den Ehemann zusammenrechnete, gierig auf ein halbes Stündchen hier und dort, Furcht vor einer kaum bezahlten Regenschicht, wo der Mann dann schwätzend neben ihr in dem kleinen Raum saß oder beleidigt aus dem Fenster stierte.

Im Winter die Arbeitslosenunterstützung für das Baugewerbe, die der Mann fürs Trinken ausgab. Von Gasthaus zu Gasthaus, um ihn zu suchen; schadenfroh zeigte er ihr dann den Rest. Schläge, unter denen sie wegtauchte; sie redete nicht mehr mit ihm, stieß so die Kinder ab, die sich in der Stille ängstigten und an den zerknirschten Vater hängten. Hexe! Die Kinder schauten feindselig, weil sie so unversöhnlich war. Sie schliefen mit klopfendem Herzen, wenn die Eltern ausgegangen waren, verkrochen sich unter die Decke, sobald gegen Morgen der Mann die Frau durch das Zimmer stieß. Sie blieb immer wieder stehen, trat einen Schritt vor, wurde kurzerhand weitergestoßen, beide in verbissener Stummheit, bis sie endlich den Mund aufmachte und ihm den Gefallen tat: »Du Vieh! Du Vieh!«, worauf er sie dann richtig schlagen konnte, worauf sie ihn nach jedem Schlag kurz auslachte.

Sonst schauten sie einander kaum an, in diesen Momenten der offenen Feindschaft aber, er von unten herauf, sie von oben herab, blickten sie sich unentwegt tief in die Augen. Die Kinder unter der Decke hörten nur das Geschiebe und Geatme und manchmal das Schüttern des Geschirrs in der Kredenz. Am nächsten Morgen machten sie sich dann das Frühstück selber, während der Mann ohnmächtig im Bett lag und die Frau neben ihm sich mit geschlossenen Augen schlafend stellte. (Sicher: diese Schilderungsform wirkt wie abgeschrieben, übernommen aus anderen Schilderungen; austauschbar; ein altes Lied; ohne Beziehung zur Zeit, in der sie spielt; kurz: »19. Jahrhundert«; – aber das gerade scheint notwendig; denn so verwechselbar, aus der Zeit, ewig einerlei, kurz, 19. Jahrhundert, waren auch noch immer, jedenfalls in dieser Gegend und unter den skizzierten wirtschaftlichen Bedingungen, die zu schildernden Begebenheiten. Und heute noch die gleiche Leier: am Schwarzen Brett im Gemeindeamt sind fast nur Wirtshausverbote angeschlagen.)

Sie lief nie weg. Sie wußte inzwischen, wo ihr Platz war. »Ich warte nur, bis die Kinder groß sind.« Eine dritte Abtreibung, diesmal mit einem schweren Blutsturz. Kurz vor ihrem vierzigsten Lebensjahr wurde sie noch einmal schwanger. Eine weitere Abtreibung war nicht mehr möglich, und sie trug das Kind aus.

Das Wort »Armut« war ein schönes, irgendwie edles Wort. Es gingen von ihm sofort Vorstellungen wie aus alten Schulbüchern aus: arm, aber sauber. Die Sauberkeit machte die Armen gesellschaftsfähig. Der soziale Fortschritt bestand in einer Reinlichkeitserziehung; waren die Elenden sauber geworden, so wurde »Armut« eine Ehrenbezeichnung. Das Elend war dann für die Betroffenen selber nur noch der Schmutz der Asozialen in einem anderen Land.
»Das Fenster ist die Visitenkarte des Bewohners.«
So gaben die Habenichtse gehorsam die fortschrittlich zu ihrer Sanierung bewilligten Mittel für ihre eigene Stubenreinheit aus. Im Elend hatten sie die öffentlichen Vorstellun-

gen noch mit abstoßenden, aber gerade darum konkret erlebbaren Bildern gestört, nun, als sanierte, gesäuberte »ärmere Schicht«, wurde ihr Leben so über jede Vorstellung abstrakt, daß man sie vergessen konnte. Vom Elend gab es sinnliche Beschreibungen, von der Armut nur noch Sinnbilder.

Und die sinnlichen Elendsbeschreibungen zielten auch nur auf das körperlich Eklige am Elend, ja *produzierten* den Ekel erst mit ihrer genießerischen Art der Beschreibung, wodurch der Ekel, statt sich in einen Tätigkeitsdrang zu verwandeln, einen bloß an die eigene Analphase erinnerte, als man noch Scheiße gegessen hatte.

Zum Beispiel kam es in einigen Haushalten vor, daß die einzige Schüssel in der Nacht als Leibschüssel verwendet wurde und daß man am nächsten Tag darin den Teig knetete. Die Schüssel wurde sicher vorher mit kochendem Wasser ausgewaschen, und eigentlich war also nicht viel dabei: aber einfach, indem man den Vorgang *beschrieb,* wurde er auch verekelt: »Sie verrichten die Notdurft in den gleichen Topf, aus dem sie dann essen.« – »Brr!« Wörter vermitteln ja diese Art von passiv-wohligem Ekel viel eher als der bloße Anblick der von ihnen bezeichneten Sachen. (Eigene Erinnerung, jeweils bei der literarischen Beschreibung von Eidotterflekken auf Morgenmänteln zusammengeschauert zu sein.) Daher mein Unbehagen bei Elendsbeschreibungen; denn an der reinlichen, doch unverändert elenden Armut gibt es nichts zu beschreiben.

Beim Wort »Armut« denke ich also immer: es war einmal; und man hört es ja auch meist aus dem Mund von Personen, die es überstanden haben, als ein Wort aus der Kindheit; nicht »Ich war arm«, sondern »Ich war ein Kind armer Leute« (Maurice Chevalier); ein niedlich-putziges Memoirensignal. Aber bei dem Gedanken an die Lebensbedingungen meiner Mutter gelingt mir nicht diese Erinnerungshäkelei. Von Anfang an erpreßt, bei allem nur ja die Form zu wahren: schon in der Schule hieß für die Landkinder das Fach, das den Lehrern bei Mädchen das allerwichtigste war, »Äußere Form der schriftlichen Arbeiten«; später fortgesetzt in der Aufgabe der Frau, die Familie nach außenhin zusammenzuhalten; keine fröhliche Armut, sondern ein formvollendetes Elend; die täglich neue Anstrengung, sein Gesicht zu behalten, das dadurch allmählich seelenlos wurde.

Vielleicht hätte man sich im formlosen Elend wohler gefühlt, wäre zu einem minimalen proletarischen Selbstbewußtsein gekommen. Aber in der Gegend gab es keine Proletarier, nicht einmal Proleten, höchstens lumpige Armenhäusler; niemand, der frech wurde; die gänzlich Ausgebrannten genierten sich nur, die Armut war tatsächlich eine Schande.

Meiner Mutter war das immerhin so wenig selbstverständlich geworden, daß die ewige Nötigung sie erniedrigen konnte. Einmal symbolisch gesprochen: sie gehörte nicht mehr zu den EINGEBORENEN, DIE NOCH NIE EINEN WEISSEN GESEHEN HATTEN, sie war imstande, sich ein Leben vorzustellen, das nicht nur lebenslängliches Haushalten war. Es brauchte nur jemand mit dem kleinen Finger zu winken, und sie wäre auf die richtigen Gedanken gekommen.

Hätte, wäre, würde.

Was wirklich geschah:

Ein Naturschauspiel mit einem menschlichen Requisit, das dabei systematisch entmenscht wurde. Ein Bittgang nach dem andern zum

Bruder, die Entlassung des trunksüchtigen Ehemanns noch einmal rückgängig zu machen; ein Anflehen des Schwarzhörer-Aufspürers, von einer Anzeige wegen des nichtangemeldeten Rundfunkapparats doch abzustehen; die Beteuerung, sich eines Wohnbaudarlehens auch ja als Staatsbürgerin würdig zu erweisen; der Weg von Amt zu Amt, um sich die Bedürftigkeit bestätigen zu lassen; der jährlich von neuem benötigte Mittellosigkeitsnachweis für den inzwischen studierenden Sohn; Ansuchen um Krankengeld, Kinderbeihilfe, Kirchensteuerermäßigung – das meiste im gnädigen Ermessen, aber auch das, auf was man gesetzlichen Anspruch hatte, mußte man immer wieder so genau nachweisen, daß man das endliche Genehmigt! dankbar als Gnadenerweis nahm.

Keine Maschinen im Haus; alles wurde noch mit der Hand gemacht. Gegenstände aus einem vergangenen Jahrhundert, im allgemeinen Bewußtsein verklärt zu Erinnerungsstücken: nicht nur die Kaffeemühle, die ja ohnedies ein liebgewordenes Spielzeug war

– auch die BEHÄBIGE Waschrumpel, der GEMÜTLICHE Feuerherd, die an allen Ecken geflickten LUSTIGEN Kochtöpfe, der GEFÄHRLICHE Schürhaken, der KECKE Leiterwagen, die TATENDURSTIGE Unkrautsichel, die von den RAUHBEINIGEN Scherenschleifern im Lauf der Jahre fast bis zur stumpfen Seite hin zerschliffenen BLITZBLANKEN Messer, der NECKISCHE Fingerhut, der TOLLPATSCHIGE Stopfpilz, das BULLIGE Bügeleisen, das für Abwechslung sorgte, indem es immer wieder zum Nachwärmen auf die Herdplatte gestellt wurde, und schließlich das GUTE STÜCK, die fuß- und handbetriebene »Singer«-Nähmaschine; – woran wieder nur die Aufzählung das heimelige ist.

Aber eine andre Methode der Aufzählung wäre natürlich genauso idyllisch: die Rükkenschmerzen; die an der Kochwäsche verbrühten, dann an der Wäscheleine rotgefrorenen Hände; – wie die gefrorene Wäsche beim Zusammenfalten krachte! –; ein Nasenbluten manchmal beim Aufrichten aus der gebückten Stellung; Frauen, so in Gedanken, alles nur ja schnell zu erledigen, daß sie mit dem gewissen Blutfleck hinten am Kleid selbstvergessen zum Einkaufen gingen;

das ewige Gejammer über die kleinen Weh-
wehchen, geduldet, weil man schließlich
nur eine Frau war; Frauen unter sich: kein
»Wie geht's?«, sondern »Geht's schon besser?«.

Das kennt man. Es beweist nichts; ist jeder
Beweiskraft entzogen durch das Vorteile-
Nachteile-Denken, das böseste der Lebens-
prinzipien.

»Alles hat nun einmal seine Vor- und Nachteile«, und schon wird das Unzumutbare zu-
mutbar – als Nachteil, der wiederum nichts
als eine notwendige Eigenheit jedes Vorteils
ist.

Die Vorteile waren in der Regel nur man-
gelnde Nachteile: *kein* Lärm, *keine* Verant-
wortung, *keine* Arbeit für Fremde, *kein* täg-
liches Getrenntsein vom Haus und von den
Kindern. Die tatsächlichen Nachteile wurden
also durch die *fehlenden* aufgehoben.

Alles daher nicht halb so schlimm; man
wurde spielend damit fertig, im Schlaf. Nur
war bei dem allem kein Ende abzusehen.

Heute war gestern, gestern war alles beim
alten. Wieder ein Tag geschafft, schon wieder
eine Woche vorbei, ein schönes neues Jahr.
Was gibt es morgen zum Essen? Ist der Brief-

träger schon gekommen? Was hast du den ganzen Tag zu Hause gemacht?

Auftischen, abräumen; »Sind jetzt alle versorgt?«; Vorhänge auf, Vorhänge zu; Licht an, Licht aus; »Ihr sollt nicht immer im Bad das Licht brennen lassen!«; zusammenfalten, auseinanderfalten; ausleeren, füllen; Stecker rein, Stecker raus. »So, das war's für heute.«

Die erste Maschine: ein elektrisches Bügeleisen; ein Wunderding, das man sich »schon immer gewünscht hatte«. Verlegenheit, als sei man so eines Gerätes nicht würdig: »Womit habe ich das verdient? Aber ab jetzt werde ich mich schon jedesmal auf das Bügeln freuen! Vielleicht habe ich dann auch ein bißchen mehr Zeit für mich selber?«

Der Mixer, der Elektroherd, der Kühlschrank, die Waschmaschine: immer mehr Zeit für einen selber. Aber man stand nur wie schrecksteif herum, schwindlig von dem langen Vorleben als bestes Stück und Heinzelmännchen. Auch mit den Gefühlen hatte man so sehr haushalten müssen, daß man sie höchstens noch in Versprechern äußerte und sie dann sofort überspielen wollte. Die frühere Lebenslust des ganzen Körpers zeigte sich nur noch manchmal, wenn an der stillen, schweren Hand verstohlen und schamhaft ein Finger zuckte, worauf diese Hand auch sofort von der anderen zugedeckt wurde.

Meine Mutter wurde nun aber nicht endgültig etwas Verschüchtertes, Wesenloses. Sie fing an, sich zu behaupten. Weil sie sich nicht mehr zu zerfransen brauchte, kam sie allmählich zu sich. Die Flattrigkeit legte sich. Sie zeigte den Leuten das Gesicht, mit dem sie sich halbwegs wohl fühlte.
Sie las Zeitungen, noch lieber Bücher, wo sie die Geschichten mit dem eigenen Lebenslauf vergleichen konnte. Sie las mit mir mit, zuerst Fallada, Knut Hamsun, Dostojewski, Maxim Gorki, dann Thomas Wolfe und William Faulkner. Sie äußerte nichts Druckreifes darüber, erzählte nur nach, was ihr besonders aufgefallen war. »So bin ich aber doch nicht«, sagte sie manchmal, als hätte der jeweilige Autor *sie* höchstpersönlich beschrieben. Sie las jedes Buch als Beschreibung des eigenen Lebens, lebte dabei auf; rückte mit dem Lesen zum ersten Mal mit sich selber heraus; lernte, von *sich* zu reden; mit jedem Buch fiel ihr mehr dazu ein. So erfuhr ich allmählich etwas von ihr.

Bisher hatte sie sich selber nervös gemacht, die eigene Gegenwart war ihr unbehaglich; beim Lesen und Reden nun versank sie und tauchte mit einem neuen Selbstgefühl wieder auf. »Ich werde noch einmal jung dabei.« Freilich las sie die Bücher nur als Geschichten aus der Vergangenheit, niemals als Zukunftsträume; sie fand darin alles Versäumte, das sie nie mehr nachholen würde. Sie selber hatte sich jede Zukunft schon zu früh aus dem Kopf geschlagen. So war der zweite Frühling jetzt eigentlich nur eine Verklärung dessen, was man einmal mitgemacht hatte.

Die Literatur brachte ihr nicht bei, von jetzt an an sich selber zu denken, sondern beschrieb ihr, daß es dafür inzwischen zu spät war. Sie HÄTTE eine Rolle spielen KÖNNEN. Nun dachte sie höchstens AUCH EINMAL an sich selber und genehmigte sich also ab und zu beim Einkaufen im Gasthaus einen Kaffee, kümmerte sich nicht mehr SO SEHR darum, was die Leute dazu meinten.

Sie wurde nachsichtig zum Ehemann, ließ ihn ausreden; stoppte ihn nicht mehr schon beim ersten Satz mit dem allzu heftigen Nicken, das ihm gleich das Wort aus dem Mund nahm. Sie hatte Mitleid mit ihm, war überhaupt oft wehrlos vor lauter Mitleid – wenn der andere auch gar nicht litt, man sich ihn vielleicht nur in der Umgebung eines Gegenstandes vorstellte, der einem ganz besonders die überstandene eigene Verzweiflung bezeichnete: einer Waschschüssel mit abgesprungenem Email, eines winzigen Elektrokochers, schwarz von der immer wieder übergegangenen Milch.

War einer der Angehörigen abwesend, kamen ihr von ihm nur noch Einsamkeitsbilder; nicht mehr bei ihr zu Hause, konnte er nur ganz allein sein. Kälte, Hunger, Anfeindungen: und sie war dafür verantwortlich. Auch den verachteten Ehemann schloß sie in diese Schuldgefühle ein, sorgte sich ernsthaft um ihn, wenn er ohne sie auskommen mußte; sogar im Krankenhaus, wo sie öfter war, einmal mit Krebsverdacht, lag sie mit schlechtem Gewissen, weil der Mann zu Hause inzwischen wahrscheinlich nur Kaltes aß.

Vor Mitgefühl für den andern, von ihr Getrennten, fühlte sie sich selber nie einsam; eine schnell vorübergehende Verlassenheit nur, wenn er sich ihr wieder aufhalste; die unüberwindliche Abneigung vor dem hängenden Hosenboden, den geknickten Knien. »Ich möchte zu einem Menschen hinaufschauen können«; jedenfalls war es nichts, jemanden immer nur verachten zu müssen. Dieser spürbare Überdruß schon bei der eröffnenden Geste, im Laufe der Jahre verwandelt in ein geduldiges Sich-zurecht-Setzen, in ein höfliches Aufblicken von einer Sache, mit der sie sich gerade beschäftigte, knickten den Mann nur noch mehr. KNIEWEICH hatte sie ihn immer genannt. Oft machte er den Fehler, sie zu fragen, warum sie ihn denn nicht leiden könne – natürlich antwortete sie jedesmal: »Wie kommst du denn darauf?« Er ließ nicht nach und fragte sie wieder, ob er wirklich so abstoßend sei, und sie beschwichtigte ihn und verabscheute ihn darauf nur um so mehr. Daß sie zusammen älter wurden, rührte sie nicht, war aber nach außen hin beruhigend, weil er sich abgewöhnte, sie zu schlagen, und nicht mehr gegen sie anstank.

Von der Arbeit überanstrengt, bei der man ihm täglich die gleiche Schufterei abverlangte, bei der nichts herauskam, wurde er kränklich und sanft. Aus seinem Dösen erwachte er zu einer wirklichen Einsamkeit, auf

die sie aber nur in seiner Abwesenheit antworten konnte.

Sie hatten sich nicht auseinandergelebt; denn
sie waren nie richtig zusammen gewesen. Ein
Briefsatz: »Mein Mann ist ruhig geworden.«
Auch sie lebte ruhiger mit ihm, selbstbewußt
bei dem Gedanken, daß sie ihm ein lebens-
langes Geheimnis blieb.

Nun interessierte sie sich auch für die Politik,
wählte nicht mehr die Partei ihres Bruders,
die der Ehemann als dessen Bediensteter ihr
bis jetzt immer vorgewählt hatte, sondern die
Sozialisten; und mit der Zeit wählte auch ihr
Mann sozialistisch, im Bedürfnis, sich an sie
anzulehnen. Sie glaubte aber nie, daß die Politik ihr auch persönlich helfen könnte. Sie
gab ihre Stimme ab, als Gunst, von vornherein, ohne dafür eine Gegenleistung zu erwar-
ten. »Die Sozialisten kümmern sich mehr um
die Arbeiter« – aber sie selber fühlte sich
nicht als eine Arbeiterin.

Das, was sie immer mehr beschäftigte, je weniger sie bloß wirtschaften mußte, kam in
dem, was ihr vom sozialistischen System
übermittelt wurde, nicht vor. Mit ihrem in

die Träume verdrängten sexuellen Ekel, den von Nebel feuchten Bettüchern, der niedrigen Decke über dem Kopf blieb sie allein. Was sie wirklich betraf, war nicht politisch. Natürlich war da ein Denkfehler – aber wo? Und welcher Politiker erklärte ihr den? Und mit welchen Worten?

Politiker lebten in einer anderen Welt. Wenn man mit ihnen sprach, antworteten sie nicht, sondern gaben Stellungnahmen ab. »Über das meiste kann man ohnehin nicht reden.« Nur was man bereden konnte, war Sache der Politik; mit dem andern mußte man allein fertig werden oder es mit seinem Herrgott abmachen. Man würde auch zurückschrekken, sobald ein Politiker wirklich auf einen eingingе. Das wäre nur Anschmeißerei.

Allmählich kein »man« mehr; nur noch »sie«.

Sie gewöhnte sich außer Haus eine würdige Miene an, schaute auf dem Beifahrersitz in dem Gebrauchtwagen, den ich ihr gekauft hatte, streng geradeaus. Auch zu Hause schrie sie nicht mehr so beim Niesen und lachte weniger laut.

72

(Bei der Beerdigung erinnerte sich dann der jüngste Sohn, wie er sie früher einmal schon von weitem oben im Haus vor Lachen schreien gehört hatte.)

Beim Einkaufen grüßte sie mehr andeutungsweise nach links und rechts, ging öfter zum Friseur, ließ sich die Fingernägel maniküren. Das war nicht mehr die vorgefaßte Würde, mit der sie im Nachkriegselend das Spießrutenlaufen bestehen wollte – niemand konnte sie wie damals mit einem Blick aus der Fassung bringen.

Bloß zu Hause, wo sie in der neuen aufrechten Haltung am Tisch saß, während der Ehemann mit dem Rücken zu ihr, das Hemd hinten aus der Hose, die Hände bis zum Grund in den Taschen, stumm, nur ab und zu in sich hineinhustend, ins Tal hinunterschaute, und der jüngste Sohn in der Ecke auf dem Küchensofa rotzaufziehend ein Micky-Maus-Heft las, klopfte sie mit dem Knöchel oft böse auf die Tischkante und legte dann plötzlich die Hände auf die Wangen. Darauf ging der Mann vielleicht manchmal hinaus vor die Haustür, räusperte sich dort eine Zeitlang und kam wieder herein. Sie saß schief da, ließ den Kopf hängen, bis der Sohn ein Brot geschmiert haben wollte. Zum Aufstehen mußte sie sich dann mit beiden Händen aufhelfen.

Ein anderer Sohn fuhr ohne Führerschein das Auto kaputt und wurde dafür eingesperrt. Er trank wie der Vater, und sie ging wieder von Wirtshaus zu Wirtshaus. Diese Brut! Er ließ sich von ihr nichts sagen, sie sagte ja immer das gleiche, ihr fehlte der Wortschatz, der auf ihn einwirken konnte. »Schämst du dich nicht?« – »Ich weiß«, sagte er. – »Such dir wenigstens woanders ein Zimmer.« – »Ich weiß.« Er blieb im Haus wohnen, verdoppelte dort den Ehemann, beschädigte noch das nächste Auto. Sie stellte ihm die Tasche vors Haus, er ging ins Ausland, sie träumte das Schlimmste von ihm, schrieb ihm »Deine traurige Mutter«, und er kam sofort zurück; und so weiter. Sie fühlte sich schuldig an allem. Sie nahm es schwer.

Und dann die immergleichen Gegenstände, die in den immergleichen Winkeln zu ihr standen! Sie versuchte, unordentlich zu werden, aber dazu hatten sich die täglichen Handgriffe schon zu sehr verselbständigt. Gern wäre sie einfach so weggestorben, aber sie hatte Angst vor dem Sterben. Sie war auch

74

zu neugierig. »Immer habe ich stark sein müssen, dabei wollte ich am liebsten nur schwach sein.«

Sie hatte keine Liebhabereien, kein Steckenpferd; sammelte nichts, tauschte nichts; löste keine Kreuzworträtsel mehr. Schon lange klebte sie auch die Fotos nicht mehr ein, räumte sie nur aus dem Weg.

Sie nahm am öffentlichen Leben nie teil, ging nur einmal im Jahr zum Blutspenden und trug am Mantel das Blutspendeabzeichen. Eines Tages wurde sie als hunderttausendste Blutspenderin im Rundfunk vorgestellt und bekam einen Geschenkkorb überreicht.

Manchmal beteiligte sie sich beim Kegelschieben auf der neuen automatischen Kegelbahn. Sie kicherte mit geschlossenem Mund, wenn die Kegel alle umfielen und es läutete.

Einmal grüßten im Radio-Wunschkonzert Verwandte aus Ost-Berlin die ganze Familie mit dem Hallelujah von Händel.

Sie hatte Angst vor dem Winter, wenn sich alle im selben Raum aufhielten. Niemand besuchte sie; wenn sie etwas hörte und aufschaute, war es wieder nur der Ehemann: »Ach, du bist das.«

Sie bekam starke Kopfschmerzen. Tabletten erbrach sie, die Zäpfchen halfen bald auch nicht mehr. Der Kopf dröhnte so, daß sie ihn nur noch ganz sanft mit den Fingerspitzen berührte. Der Arzt gab ihr wöchentlich eine Spritze, die sie eine Zeitlang betäubte. Dann richteten auch die Spritzen nichts mehr aus. Der Arzt sagte, sie solle den Kopf warm halten. So ging sie immer mit einem Kopftuch herum. Trotz aller Schlafmittel wachte sie meist schon nach Mitternacht auf, legte sich dann das Polster auf das Gesicht. Die Stunden, bis es endlich hell wurde, machten sie noch den ganzen Tag hindurch zittrig. Vor Schmerzen sah sie Gespenster.

Der Mann war inzwischen mit Lungentuberkulose in einer Heilanstalt; in zärtlichen Briefen bat er sie, wieder bei ihr liegen zu dürfen. Sie antwortete freundlich.

Der Arzt wußte nicht, was ihr fehlte; das übliche Frauenleiden? die Wechseljahre?

In ihrer Mattheit griff sie an Sachen vorbei, die Hände rutschten ihr vom Körper herunter. Nach dem Abwaschen lag sie am Nachmittag ein bißchen auf dem Küchensofa, im Schlafzimmer war es so kalt. Manchmal war der Kopfschmerz so stark, daß sie niemanden erkannte. Sie wollte nichts mehr sehen. Bei dem Dröhnen im Kopf mußte man auch sehr laut zu ihr reden. Sie verlor jedes Körpergefühl, stieß sich an Kanten, fiel Treppen hinunter. Das Lachen tat ihr weh, sie verzog nur manchmal das Gesicht. Der Arzt sagte, wahrscheinlich sei ein Nerv eingeklemmt. Sie sprach nur mit leiser Stimme, war so elend, daß sie nicht einmal mehr jammern konnte. Sie neigte den Kopf seitlich auf die Schulter, aber der Schmerz folgte ihr dorthin nach. »Ich bin gar kein Mensch mehr.«

Als ich im letzten Sommer bei ihr war, fand ich sie einmal auf ihrem Bett liegen, mit einem so trostlosen Ausdruck, daß ich ihr nicht mehr näher zu treten wagte. Wie in einem Zoo lag da die fleischgewordene animalische Verlassenheit. Es war eine Pein zu sehen, wie schamlos sie sich nach außen gestülpt hatte; alles an ihr war verrenkt, zersplittert, offen, entzündet, eine Gedärmeverschlingung. Und sie schaute von weitem zu mir her, mit einem Blick, als sei ich, wie Karl Rossmann für den sonst von allen erniedrigten Heizer in Kafkas Geschichte, ihr GESCHUNDENES HERZ. Er-

schreckt und verärgert bin ich sofort aus dem
Zimmer gegangen.

Seit dieser Zeit erst nahm ich meine Mutter
richtig wahr. Bis dahin hatte ich sie immer
wieder vergessen, empfand höchstens
manchmal einen Stich bei dem Gedanken an
die Idiotie ihres Lebens. Jetzt drängte sie sich
mir leibhaftig auf, sie wurde fleischlich und
lebendig, und ihr Zustand war so handgreif-
lich erfahrbar, daß ich in manchen Augenblicken ganz daran teilnahm.

Und auch die Leute in der Gegend betrach-
teten sie auf einmal mit anderen Augen: es
war, als sei sie dazu bestimmt worden, ihnen
das eigene Leben vorzuführen. Sie fragten
zwar nach dem Warum und Weshalb, aber
nur nach außen hin; sie verstanden sie auch
so.

Sie wurde fühllos, erinnerte sich an nichts
mehr, erkannte nicht einmal mehr die ge-
wohnten Haushaltsgeräte. Wenn der jüngste
Sohn aus der Schule nach Hause kam, fand
er immer öfter Zettel auf dem Tisch, daß sie
spazierengegangen sei; er solle sich Brote
machen oder bei der Nachbarin essen. Diese

Zettel, von einem Kassenblock abgerissen, häuften sich in der Schublade.

Sie konnte nicht mehr die Hausfrau spielen. Zu Hause wachte sie schon mit wundem Körper auf. Sie ließ alles zu Boden fallen, wollte sich jedem Gegenstand nachfallen lassen.

Die Türen stellten sich ihr in den Weg, von den Mauern schien im Vorbeigehen der Schimmel zu regnen.

Wenn sie fernsah, bekam sie nichts mehr mit. Sie machte eine Handbewegung nach der andern, um dabei nicht einzuschlafen.

Auf den Spaziergängen vergaß sie sich manchmal. Sie saß am Waldrand, möglichst weit von den Häusern entfernt, oder am Bach unterhalb eines aufgelassenen Sägewerks. Der Anblick der Getreidefelder oder des Wassers linderte zwar nichts, aber betäubte zwischendurch wenigstens. In dem Durcheinander von Anblicken und Gefühlen, wo jeder Anblick sofort zu einer Qual wurde, die sie schnell woanders hinblicken ließ, wo der nächste Anblick sie weiterquälte, ergaben sich so tote Punkte, an denen die Affenschaukel-Umwelt sie kurz ein wenig in Ruhe ließ. Sie war in diesen Momenten nur müde, erholte sich von dem Wirbel, gedankenlos in das Wasser vertieft.

Dann stellte sich in ihr wieder alles quer zu der Umwelt, sie strampelte vielleicht panisch, konnte sich aber nicht mehr zurückhalten und kippte aus der Ruhelage heraus. Sie mußte aufstehen und weitergehen.

Sie erzählte mir, wie sie noch im Gehen das Grausen würgte; sie konnte deswegen nur ganz langsam gehen.

Sie ging und ging, bis sie sich vor Mattheit wieder setzen mußte. Dann mußte sie bald aufstehen und wieder weitergehen.

So vertrödelte sie oft die Zeit und merkte nicht, daß es dunkel wurde. Sie war nachtblind und fand nur schwer den Weg zurück. Vor dem Haus blieb sie stehen, setzte sich auf eine Bank, wagte sich nicht hinein.

Wenn sie dann doch hereinkam, öffnete sich die Tür ganz langsam, und die Mutter erschien mit weitaufgerissenen Augen wie ein Geist.

Aber auch am Tag irrte sie meist nur herum, verwechselte Türen und Himmelsrichtungen. Oft konnte sie sich nicht erklären, wie sie irgendwohin gekommen war und wie die Zeit vergangen war. Sie hatte überhaupt kein Zeit- und Ortsgefühl mehr.

Sie wollte keinen Menschen mehr sehen, setzte sich höchstens ins Gasthaus unter die Leute aus den Touristenbussen, die es zu eilig hatten, ihr ins Gesicht zu schauen. Sie konnte sich nicht mehr verstellen; hatte alles von sich gestreckt. Jeder, der sie ansah, mußte wissen, was los war.

Sie fürchtete, den Verstand zu verlieren. Schnell, bevor es zu spät sein würde, schrieb sie zum Abschied noch ein paar Briefe.

Die Briefe waren so dringlich, als hätte sie versucht, sich selber dabei in das Papier zu ritzen. In dieser Periode war das Schreiben für sie keine Fremdarbeit mehr wie sonst für Leute in ihren Lebensumständen, sondern ein vom Willen unabhängiger Atmungsvorgang. Man konnte freilich mit ihr über fast nichts mehr sprechen; jedes Wort erinnerte sie wieder an etwas Schreckliches, und sie verlor sofort die Fassung. »Ich kann nicht reden. Quäl mich doch nicht.« Sie wendete sich ab, wendete sich noch einmal ab, wendete sich weiter ab, bis sie sich ganz weggedreht hatte. Dann mußte sie die Augen zumachen, und stille Tränen rannen nutzlos aus dem weggedrehten Gesicht.

Sie fuhr zu einem Nervenarzt in der Landeshauptstadt. Vor ihm konnte sie reden, er war als Arzt für sie zuständig. Sie wunderte sich selber, wieviel sie ihm erzählte. Beim Reden fing sie sich erst richtig zu erinnern an. Daß der Arzt zu allem nickte, was sie sagte, die Einzelheiten sogleich als Symptome erkannte und mit einem Übernamen – »Nervenzusammenbruch« – in ein System einordnete, beruhigte sie. Er wußte, was sie hatte, konnte zumindest ihre Zustände benennen. Sie war nicht die einzige; im Vorzimmer warteten noch welche.

Beim nächsten Mal machte es ihr schon wieder Spaß, diese Leute zu beobachten. Der Arzt riet ihr, viel in der frischen Luft spazierenzugehen. Er verschrieb ihr eine Medizin, die den Druck auf den Kopf ein bißchen lockerte. Eine Reise würde sie auf andere Gedanken bringen. Sie bezahlte ihn jeweils in bar, weil die Arbeiterkrankenkasse bei ihren Mitgliedern diese Ausgaben nicht vorsah. Es bedrückte sie wieder, daß sie Geld kostete. Manchmal suchte sie verzweifelt nach dem Wort für eine Sache. Sie wußte es in der Regel, wollte damit nur, daß die anderen an ihr teilnahmen. Sie sehnte sich nach der kurzen

Zeit zurück, in der sie wirklich niemanden mehr erkannt und sich nichts mehr gemerkt hatte.

Sie kokettierte damit, daß sie krank gewesen war; spielte die Kranke nur noch. Sie tat, als sei sie wirr im Kopf, um sich der endlich klaren Gedanken zu erwehren; denn wenn der Kopf ganz klar wurde, sah sie sich nur noch als Einzelfall und wurde taub für das tröstliche Eingeordnetwerden. Indem sie Vergeßlichkeit und Zerstreutheit übertrieb, wollte sie, wenn sie sich dann doch richtig erinnerte oder eigentlich ja alles genau mitgekriegt hatte, ermutigt werden: Es geht ja! Es geht ja schon viel besser! – als ob alle Greuel nur darin bestanden, daß sie sich wurmte, das Gedächtnis verloren zu haben und nun nicht mehr mitreden zu können.

Sie vertrug nicht, daß man mit ihr Witze machte. Sie mit ihrem Zustand zu hänseln, half ihr nicht. SIE NAHM ALLES WÖRTLICH. Sie brach in Tränen aus, wenn vor ihr jemand eigens den Munteren spielte.

Im Hochsommer fuhr sie für vier Wochen nach Jugoslawien. Die erste Zeit saß sie nur im verdunkelten Hotelzimmer und tastete sich den Kopf ab. Lesen konnte sie nichts, weil die eigenen Gedanken sofort dazwischenkamen. Immer wieder ging sie ins Badezimmer und wusch sich.

Dann traute sie sich schon hinaus und watete ein bißchen im Meer. Sie war zum ersten Mal in den Ferien und zum ersten Mal am Meer. Das Meer gefiel ihr, in der Nacht war oft Sturm, dann machte es nichts, wenn sie wach lag. Sie kaufte einen Strohhut gegen die Sonne und verkaufte ihn am Abfahrtstag zurück. Jeden Nachmittag setzte sie sich in die Bar und trank einen Espresso. Sie schrieb allen ihren Bekannten Karten und Briefe, die von ihr selber nur unter anderem handelten.

Sie bekam wieder einen Sinn für den Zeitablauf und die Umgebung. Neugierig belauschte sie die Gespräche an den Nebentischen, versuchte herauszukriegen, wie die einzelnen Leute zusammengehörten.

Gegen Abend, wenn es nicht mehr so heiß war, ging sie durch die Dörfer im Umkreis und schaute in die türlosen Häuser hinein. Sie wunderte sich sachlich; denn sie hatte

noch nie eine solch kreatürliche Armut gesehen. Die Kopfschmerzen hörten auf. Sie
mußte an nichts mehr denken, war zeitweise
ganz aus der Welt. Es war ihr angenehm
langweilig.
Zu Hause zurück, redete sie seit langem wieder ungefragt. Sie erzählte viel. Sie ließ es
zu, daß ich sie auf ihren Spaziergängen be-
gleitete. Wir gingen oft ins Gasthaus essen,
sie gewöhnte sich an, voraus einen Campari
zu trinken. Der Griff an den Kopf war fast
nur noch ein Tick. Es fiel ihr ein, daß sie vor
einem Jahr in einem Café sogar noch von einem Mann angesprochen worden war. »Aber
er war sehr höflich!« Im nächsten Sommer
wollte sie nach Norden, wo es nicht so heiß
war.
Sie faulenzte, saß bei alten Freundinnen im
Garten, rauchte und fächelte die Wespen aus
dem Kaffee.
Das Wetter war sonnig und mild. Die Fich-
tenwälder an den Hügeln ringsherum standen den ganzen Tag über in Dunstschleiern,
waren eine Zeitlang nicht mehr so dunkel.
Sie kochte für den Winter Obst und Gemüse
ein, dachte daran, ein Fürsorgekind bei sich
aufzunehmen.

Ich führte schon zu sehr ein eigenes Leben Mitte August fuhr ich nach Deutschland zurück und überließ sie sich selber. In der nächsten Monaten schrieb ich an einer Geschichte, und sie ließ ab und zu von sich hören.

»Ich bin etwas wirr im Kopf, manche Tage sind schwer zu ertragen.«

»Hier ist es kalt und unfreundlich, morgens ist es lange neblig. Ich schlafe lange, und wenn ich dann aus dem Bett herauskrieche fehlt mir die Lust, irgend etwas anzufangen. Mit dem Fürsorgekind ist es auch zur Zeit nichts. Da mein Mann Tuberkulose hat, bekomme ich keins.«

»Bei jedem angenehmen Gedanken fällt die Tür zu, und ich bin wieder allein mit meiner lähmenden Gedanken. Ich möchte so gern nettere Dinge schreiben, aber es ist nichts da. Mein Mann war fünf Tage hier, und wir hatten nichts miteinander zu reden. Wenn ich ein Gespräch anfange, dann versteht er nicht was ich meine, und dann rede ich lieber nichts. Und dabei habe ich mich noch irgendwie auf ihn gefreut – wenn er dann da ist kann ich ihn nicht anschauen. Ich weiß, ich müßte selbst einen Modus finden, um dieser

Zustand noch erträglich zu machen, ich denke auch immer darüber nach, und es fällt mir nichts Gescheites ein. Es ist am besten, Du liest diese Scheiße und vergißt sie dann schnell wieder.«

»Ich kann es im Haus nicht aushalten und so renne ich halt irgendwo in der Gegend herum. Nun stehe ich etwas früher auf, das ist die schwierigste Zeit für mich, ich muß mich zu irgend etwas zwingen, um nicht wieder ins Bett zu gehen. Ich weiß jetzt mit meiner Zeit nichts anzufangen. Es ist eine große Einsamkeit in mir, ich mag mit niemandem reden. Ich habe oft Lust, am Abend etwas zu trinken, aber ich darf nicht, denn dann würde die Medizin nichts nützen. Gestern bin ich nach Klagenfurt gefahren und den ganzen Tag herumgesessen und gelaufen, dann habe ich am Abend den letzten Omnibus gerade noch erwischt.«

Im Oktober schrieb sie überhaupt nicht mehr. An den schönen Herbsttagen traf man sie auf der Straße, wo sie sich sehr langsam vorwärts bewegte, und stachelte sie an, doch ein bißchen schneller zu gehen. Jeden Bekannten bat sie, ihr doch bei einem Kaffee im Gasthaus Gesellschaft zu leisten. Sie

wurde auch immer wieder zu Sonntagsaus-
flügen eingeladen, ließ sich überallhin gern
mitnehmen. Sie besuchte mit andern die letzten Kirchtage des Jahres. Manchmal ging sie
sogar noch zum Fußballspiel mit. Sie saß
dann nachsichtig unter den Leuten, die beim
Spiel eifrig mitgingen, brachte kaum mehr
den Mund auf. Aber als auf einer Wahl-
kampfreise der Bundeskanzler im Ort hielt
und Nelken verteilte, drängte sie sich auf einmal keck vor und forderte auch eine Nelke:
»Und mir geben Sie keine?« »Entschuldi-
gung, Gnädige Frau!«
Anfang November schrieb sie wieder. »Ich
bin nicht konsequent genug, alles zu Ende
zu denken, und mein Kopf tut weh. Es summt
und pfeift manchmal darin, daß ich keinen
Lärm zusätzlich ertragen kann.«
»Ich rede mit mir selber, weil ich sonst keinem Menschen mehr etwas sagen kann.
Manchmal kommt es mir vor, als wäre ich
eine Maschine. Ich würde gern irgendwohin
fahren, aber wenn es finster wird, bekomme
ich Angst, nicht mehr hierherzufinden. Morgens liegt ein Haufen Nebel, dann ist alles
so still. Jeden Tag mache ich dieselben Arbeiten, und in der Früh herrscht wieder

Unordnung. Das ist ein unendlicher Teufels-
kreis. Ich möchte wirklich gerne tot sein, und
wenn ich an der Straße gehe, habe ich Lust,
mich fallen zu lassen, wenn ein Auto vorbei-
saust. Aber ob es dann auch hundertprozen-
tig klappt?«

»Gestern habe ich im Fernsehen von Dostojewski ›Die Sanfte‹ gesehen, die ganze Nacht
sah ich ganz grauenvolle Dinge, ich habe
nicht geträumt, ich sah sie wirklich, ein paar
Männer gingen nackt da herum und hatten
an Stelle des Geschlechtsteiles Därme her-
unterhängen. Am 1. 12. kommt mein Mann
nach Hause. Ich werde mit jedem Tag unru-
higer und habe keine Vorstellung, wie es
noch möglich sein wird, mit ihm zusammen-
zuleben. Jeder schaut in eine andere Ecke,
und die Einsamkeit wird noch größer. Ich
friere und werde noch ein bißchen herum-
rennen.«

Oft schloß sie sich zu Hause ein. Wenn die
Leute wie üblich vor ihr jammerten, fuhr sie
ihnen über den Mund. Sie war zu allen sehr
streng, winkte ab, lachte kurz aus. Die anderen waren nur noch Kinder, die sie störten
und höchstens ein bißchen rührten.

Sie wurde leicht ungnädig. Man wurde von

ihr barsch zurechtgewiesen, kam sich in ihrer
Gegenwart auch scheinheilig vor.

Beim Fotografieren konnte sie kein Gesicht
mehr machen. Sie runzelte zwar die Stirn und
hob die Wangen zu einem Lächeln, aber die
Augen schauten mit aus der Mitte der Iris
verrutschten Pupillen, in einer unheilbaren
Traurigkeit.

Das bloße Existieren wurde zu einer Tor-
tur.

Aber ebenso grauste sie sich vor dem Sterben.

»Machen Sie Waldspaziergänge!« (Der *Seelen*arzt.)

»Aber im Wald ist es finster!« sagte der *Tier*-
arzt des Ortes, manchmal ihr Vertrauter,
höhnisch nach ihrem Tod.

Tag und Nacht blieb es neblig. Zu Mittag
versuchte sie, ob sie das Licht ausschalten
könnte, und schaltete es gleich wieder an. Wo
hinschauen? Die Arme übereinanderkreu-
zen und die Hände auf die Schultern legen.
Ab und zu unsichtbare Motorsägen, ein
Hahn, der den ganzen Tag glaubte, es fange
gerade erst Tag zu werden an, und bis in den

90

Nachmittag weiterkrähte, – dann schon die Feierabendsirenen.

In der Nacht wälzte sich der Nebel gegen die Fensterscheiben. Sie hörte, wie in unregelmäßigen Zeitabständen außen am Glas ein neuer Tropfen ins Rinnen kam. Die ganze Nacht blieb unter dem Leintuch die elektrische Bettmatte geheizt.

Am Morgen ging im Herd immer wieder das Feuer aus. »Ich will mich nicht mehr zusammennehmen.« Sie brachte die Augen nicht mehr zu. In ihrem Bewußtsein ereignete sich der GROSSE FALL. (Franz Grillparzer)

(Ab jetzt muß ich aufpassen, daß die Geschichte nicht zu sehr sich selber erzählt.)

Sie schrieb an alle ihre Angehörigen Abschiedsbriefe. Sie wußte nicht nur, was sie tat, sondern auch, warum sie nichts andres mehr tun konnte. »Du wirst es nicht verstehen«, schrieb sie an ihren Mann. »Aber an ein Weiterleben ist nicht zu denken.« An mich schickte sie einen eingeschriebenen Brief mit der Testamentsdurchschrift, zu-

91

sätzlich per Eilboten. »Ich habe ein paarmal zu schreiben angefangen, aber ich empfand keinen Trost, keine Hilfe.« Alle Briefe waren nicht nur wie sonst mit dem Datum versehen, sondern auch noch mit dem Wochentag: »*Donnerstag,* 18. 11. 71.«

Tags darauf fuhr sie mit dem Omnibus in die Bezirkshauptstadt und besorgte sich mit dem Dauerrezept, das ihr der Hausarzt ausgestellt hatte, etwa hundert kleine Schlaftabletten. Obwohl es nicht regnete, kaufte sie sich dazu einen roten Regenschirm mit einem schönen, ein wenig krumm gewachsenen Stock.

Am späten Nachmittag fuhr sie mit einem Omnibus, der in der Regel fast leer ist, zurück. Dieser und jener sah sie noch. Sie ging nach Hause und aß im Nachbarhaus, wo ihre Tochter wohnte, zu Abend. Alles wie üblich: »Wir haben noch Witze gemacht.«

Im eigenen Haus saß sie dann mit dem jüngsten Kind vor dem Fernsehapparat. Sie schauten einen Film aus der Serie »Wenn der Vater mit dem Sohne« an.

Sie schickte das Kind schlafen und blieb bei laufendem Fernseher sitzen. Am Tag vorher war sie noch beim Friseur gewesen und hatte sich maniküren lassen. Sie schaltete den

Fernseher aus, ging ins Schlafzimmer und hängte ein zweiteiliges braunes Kleid an den Schrank. Sie nahm alle Schmerztabletten, mischte ihre sämtlichen Antidepressiva darunter. Sie zog ihre Menstruationshose an, in die sie noch Windeln einlegte, zusätzlich zwei weitere Hosen, band sich mit einem Kopftuch das Kinn fest und legte sich, ohne die Heizmatte einzuschalten, in einem knöchellangen Nachthemd zu Bett. Sie streckte sich aus und legte die Hände übereinander. In dem Brief, der sonst nur Bestimmungen für ihre Bestattung enthielt, schrieb sie mir am Schluß, sie sei ganz ruhig und glücklich, endlich in Frieden einzuschlafen. Aber ich bin sicher, daß das nicht stimmt.

Am nächsten Abend, auf die Nachricht von ihrem Tod, flog ich nach Österreich. Das Flugzeug war wenig besetzt, ein gleichmäßiger, ruhiger Flug, eine klare Luft ohne Nebel, weit unten die Lichter wechselnder Städte. Beim Zeitunglesen, Biertrinken, Aus-dem-Fenster-Schauen verging ich allmählich in einem müden, unpersönlichen Wohlgefühl. Ja, dachte ich immer wieder und sprach im stillen die Gedanken jeweils sorgfältig nach: DAS WAR ES. DAS WAR ES. DAS WAR ES. SEHR GUT SEHR GUT. SEHR GUT. Und während des ganzen Fluges war ich außer mir vor Stolz, daß sie Selbstmord begangen hatte. Dann setzte das Flugzeug zur Landung an, und die Lichter wurden immer größer. Aufgelöst in einer knochenlosen Euphorie, gegen die ich mich nicht mehr wehren konnte, bewegte ich mich durch das ziemlich verlassene Flughafengebäude.

Auf der Weiterfahrt im Zug am folgenden Morgen hörte ich einer Frau zu, einer Gesangslehrerin der Wiener Sängerknaben. Sie erzählte ihrem Begleiter, wie unselbständig die Sängerknaben noch später als Erwachsene blieben. Sie hatte einen Sohn, der auch Mitglied der Sängerknaben war. Auf einer Tournee durch Südamerika war er als einziger mit dem Taschengeld ausgekommen, hatte sogar noch etwas zurückgebracht. Er wenigstens versprach, vernünftig zu werden. Ich konnte nicht weghören.

Ich wurde mit dem Auto vom Bahnhof abgeholt. In der Nacht hatte es geschneit, jetzt war es wolkenlos, die Sonne schien, es war kalt, ein glitzernder Reif schwebte in der Luft. Was für ein Widerspruch, durch eine weiter zivilisierte Landschaft, bei einer Witterung, in der diese Landschaft so sehr zu dem unveränderlichen tiefblauen Weltraum darüber zu gehören schien, daß man sich gar keinen Umschwung mehr vorstellen konnte, auf das Sterbehaus mit dem vielleicht schon gärenden Leichnam zuzufahren! Bis zur Ankunft fand ich keinen Anhaltspunkt und kein Vorzeichen, so daß mich der tote Körper in dem kalten Schlafzimmer wieder ganz unvorbereitet traf.

Viele Frauen aus der Umgebung saßen nebeneinander auf den aufgereihten Stühlen, tranken den Wein, den man ihnen reichte. Ich spürte, wie sie beim Anblick der Toten allmählich an sich selber zu denken anfingen.

Am Morgen des Beerdigungstages war ich mit der Leiche lange allein im Zimmer. Auf einmal stimmte das persönliche Gefühl mit dem allgemeinen Brauch der Totenwache

überein. Noch der tote Körper kam mir ent
setzlich verlassen und liebebedürftig vor
Dann wieder wurde mir langweilig, und ich
schaute auf die Uhr. Ich hatte mir vorgenom
men, wenigstens eine Stunde bei ihr zu bleiben. Die Haut unter den Augen war ganz
verschrumpelt, hier und da lagen auf dem
Gesicht noch die Weihwassertropfen, mi
denen sie besprengt worden war. Der Bauch
war von den Tabletten ein bißchen aufge-
bläht. Ich verglich die Hände auf ihrer Brus
mit einem Fixpunkt weiter weg, um zu sehen
ob sie nicht doch noch atmete. Zwischen
Oberlippe und Nase gab es überhaupt keine
Furche mehr. Das Gesicht war sehr männlich
geworden. Manchmal, wenn ich sie lange be
trachtet hatte, wußte ich nicht mehr, was ich
denken sollte. Dann wurde die Langeweile
am größten, und ich stand nur noch zerstreu
neben der Leiche. Aber als die Stunde vorbe
war, wollte ich trotzdem nicht hinaus und
blieb über die Zeit bei ihr im Zimmer.

Dann wurde sie fotografiert. Von welche
Seite sah sie schöner aus? »Die Zuckerseite
der Toten.«

Das Begräbnisritual entpersönlichte sie endgültig und erleichterte alle. Im dichten Schneetreiben gingen wir hinter den sterblichen Überresten her. In den religiösen Formeln brauchte nur ihr Name eingesetzt zu werden. »Unsere Mitschwester...« Auf den Mänteln Kerzenwachs, das nachher herausgebügelt wurde.

Es schneite so stark, daß man sich nicht daran gewöhnte und immer wieder zum Himmel schaute, ob es nicht nachließ. Die Kerzen erloschen eine nach der andern und wurden nicht mehr angezündet. Mir fiel ein, wie oft man las, daß jemand sich bei einer Beerdigung die spätere Todeskrankheit geholt hatte.

Hinter der Friedhofsmauer begann sofort der Wald. Es war ein Fichtenwald, auf einem ziemlich steil ansteigenden Hügel. Die Bäume standen so dicht, daß man schon von der zweiten Reihe nur noch die Spitzen sah, dann Wipfel hinter Wipfel. Zwischen den Schneefetzen immer wieder Windstöße, aber die Bäume bewegten sich nicht. Der Blick vom Grab, von dem die Leute sich rasch entfernten, auf die unbeweglichen Bäume: erstmals erschien mir die Natur wirklich unbarmherzig. Das waren also die Tatsachen. Der Wald sprach für sich. Außer diesen unzähligen Baumgipfeln zählte nichts; davor ein episodisches Getümmel von Gestalten, die immer mehr aus dem Bild gerieten. Ich kam mir verhöhnt vor und wurde ganz hilflos. Auf einmal hatte ich in meiner ohnmächtigen Wut das Bedürfnis, etwas über meine Mutter zu schreiben.

Nachher im Haus ging ich am Abend die Treppe hinauf. Plötzlich übersprang ich ein paar Stufen mit einem Satz. Dabei kicherte ich kindisch, mit einer fremden Stimme, als würde ich bauchreden. Die letzten Stufen lief ich. Oben schlug ich mir übermütig die Faust auf die Brust und umarmte mich. Langsam, selbstbewußt wie jemand mit einem einzigartigen Geheimnis, ging ich dann die Treppe wieder hinunter.

Es stimmt nicht, daß mir das Schreiben genützt hat. In den Wochen, in denen ich mich mit der Geschichte beschäftigte, hörte auch die Geschichte nicht auf, mich zu beschäftigen. Das Schreiben war nicht, wie ich am Anfang noch glaubte, eine Erinnerung an eine abgeschlossene Periode meines Lebens, sondern nur ein ständiges Gehabe von Erinnerung in der Form von Sätzen, die ein Abstandnehmen bloß behaupteten. Noch immer wache ich in der Nacht manchmal schlagartig auf, wie von innen her mit einem ganz leichten Anstupfen aus dem Schlaf gestoßen, und erlebe, wie ich bei angehaltenem Atem vor Grausen von einer Sekunde zur andern leibhaftig verfaule. Die Luft steht im Dunkeln so still, daß mir alle Dinge aus dem Gleichgewicht geraten und losgerissen erscheinen. Sie treiben nur eben noch ohne Schwerpunkt lautlos ein bißchen herum und werden gleich endgültig von überall niederstürzen und mich ersticken. In diesen Angststürmen wird man magnetisch wie ein verwesendes Vieh, und anders als im interesselosen Wohlgefallen, wo alle Gefühle frei miteinander spielen, bestürmt einen dann zwanghaft das interesselose, objektive Entsetzen.

Natürlich ist das Beschreiben ein bloßer Erinnerungsvorgang; aber es bannt andrerseits auch nichts für das nächste Mal, gewinnt nur aus den Angstzuständen durch den Versuch einer Annäherung mit möglichst entsprechenden Formulierungen eine kleine Lust, produziert aus der Schreckens- eine Erinnerungsseligkeit.

Tagsüber habe ich oft das Gefühl, beobachtet zu werden. Ich mache Türen auf und schaue nach. Jedes Geräusch empfinde ich zunächst als einen Anschlag auf mich.

Manchmal bin ich freilich während der Arbeit an der Geschichte all der Offenheit und Ehrlichkeit überdrüssig gewesen und habe mich danach gesehnt, bald wieder etwas zu schreiben, wobei ich auch ein bißchen lügen und mich verstellen könnte, zum Beispiel ein Theaterstück.

Einmal ist mir beim Brotschneiden das Messer abgerutscht, und mir kam sofort wieder zu Bewußtsein, wie sie den Kindern am Morgen kleine Brotstücke in die warme Milch geschnitten hatte.

Mit ihrem Speichel reinigte sie den Kindern oft im Vorübergehen schnell Nasenlöcher und Ohren. Ich zuckte immer zurück, der Speichelgeruch war mir unangenehm.

In einer Gesellschaft, die eine Bergwanderung machte, wollte sie einmal beiseitegehen, um die Notdurft zu verrichten. Ich schämte mich ihrer und heulte, da hielt sie sich zurück.

Im Krankenhaus lag sie immer unter vielen in großen Sälen. Ja, das gibt es noch! Sie drückte mir dort einmal lange die Hand.

Wenn alle versorgt waren und fertig gegessen hatten, steckte sie sich jeweils kokett die übriggebliebenen Rinden in den Mund.

(Natürlich sind das Anekdoten. Aber wis
senschaftliche Ableitungen wären in diesen
Zusammenhang genauso anekdotisch. Di
Ausdrücke sind alle zu milde.)

Die Eierlikörflasche in der Kredenz!

Die schmerzliche Erinnerung an sie bei der
täglichen Handgriffen, vor allem in der Kü
che.

Im Zorn schlug sie die Kinder nicht, sonder
schneuzte ihnen höchstens heftig die Nase

Todesangst, wenn man in der Nacht auf
wacht, und das Licht im Flur brennt.

Vor einigen Jahren hatte ich den Plan, mi
allen Mitgliedern der Familie einen Aben
teuerfilm zu drehen, der mit ihnen persönlic
gar nichts zu tun hätte.

Als Kind war sie mondsüchtig.

Gerade an den *Wochen*tagen ihres Todes
sind mir in der ersten Zeit ihre Todeswehen
besonders lebendig geworden. Schmerzhaft
hat es jeden Freitag zu dämmern angefangen
und wurde dunkel. Die gelbe Dorfstraßen-
beleuchtung im Nachtnebel; schmutziger
Schnee und Kanalgestank; verschränkte
Arme im Fernsehsessel; die letzte Klospü-
lung, zweimal.

Oft habe ich bei der Arbeit an der Geschichte
gespürt, daß es den Ereignissen besser entsprechen würde, Musik zu schreiben. Sweet
New England...

»Es gibt vielleicht neue, ungeahnte Arten der
Verzweiflung, die wir nicht kennen«, sagte
ein Dorfschullehrer in der Kriminalfilm-Se-
rie »Der Kommissar«.

In allen Musikboxen der Gegend gab es eine
Platte mit dem Titel WELTVERDRUSS-POLKA.

Der sich jetzt ankündigende Frühling,
Schlammpfützen, warmer Wind und schnee-
freie Bäume, weit weg hinter der Schreibmaschine.

»Sie nahm ihr Geheimnis mit ins Grab!«

In einem Traum hatte sie noch ein zweites
Gesicht, das aber auch schon ziemlich ver-
braucht war.

Sie war menschenfreundlich.

Dann wieder etwas sehr Heiteres: ich habe
geträumt, lauter Dinge zu sehen, deren Anblick unerträglich weh tat. Auf einmal kam
jemand daher und nahm einfach das
Schmerzhafte von den Sachen, WIE EINEN
ANSCHLAG, DER NICHT MEHR GILT. Auch der
Vergleich war geträumt.

Im Sommer war ich einmal im Zimmer mei-

es Großvaters und schaute zum Fenster
hinaus. Es war nicht viel zu sehen: ein Weg
führte durch das Dorf hinauf zu einem dunkel
(»Schönbrunn«) gelb angestrichenen Gebäude, einem ehemaligen Gasthaus, und bog
dort ab. Es war ein SONNTAGNACHMITTAG, und
der Weg war LEER. Auf einmal hatte ich ein
bitterliches Gefühl für den Bewohner des
Zimmers, und daß er bald sterben würde.
Aber dieses Gefühl wurde dadurch gelindert,
daß ich wußte, sein Tod würde ein ganz na-
türlicher sein.

Das Grausen ist etwas Naturgesetzliches: der
horror vacui im Bewußtsein. Die Vorstellung
bildet sich gerade und merkt plötzlich, daß
es ja nichts mehr zum Vorstellen gibt. Darauf
stürzt sie ab, wie eine Zeichentrickfigur, die
bemerkt, daß sie schon die längste Zeit auf
der bloßen Luft weitergeht.

Später werde ich über das alles Genaueres
schreiben.

geschrieben Januar/Februar 1972

Zeittafel

1942	in Griffen/Kärnten geboren.
1944–1948	lebt er in Berlin. Dann Volksschule in Griffen.
1954–1959	als Internatsschüler Besuch des humanistischen Gymnasiums. Die letzten drei Jahre in Klagenfurt.
1961–1965	Studium der Rechtswissenschaften in Graz.
1963–1964	*Die Hornissen* (Graz, Krk/Jugoslawien, Kärnten).
1964–1965	*Sprechstücke* (Graz). Umzug nach Düsseldorf.
1963–1966	*Begrüßung des Aufsichtsrats* (Graz, Düsseldorf).
1965–1966	*Der Hausierer* (Graz, Düsseldorf).
1967	*Kaspar* (Düsseldorf).
1968	*Das Mündel will Vormund sein* (Düsseldorf).
1965–1968	*Die Innenwelt der Außenwelt der Innenwelt* (Graz, Düsseldorf). Umzug nach Berlin.
1969	*Die Angst des Tormanns beim Elfmeter* (Berlin).
	Quodlibet (Berlin, Basel).
	Umzug nach Paris.
1968–1970	*Hörspiele* (Düsseldorf, Berlin, Paris).
1970	*Chronik der laufenden Ereignisse* (Paris).
	Der Ritt über den Bodensee (Paris).
1971	*Der kurze Brief zum langen Abschied* (Köln).
	Umzug nach Kronberg.
1972	*Wunschloses Unglück* (Kronberg).
1973	*Die Unvernünftigen sterben aus* (Kronberg).
	Umzug nach Paris.
	Falsche Bewegung (Venedig).
1972–1974	*Als das Wünschen noch geholfen hat* (Kronberg, Paris).
1974	*Die Stunde der wahren Empfindung* (Paris).
1976	*Die linkshändige Frau*. Erzählung (Paris).
1975–1977	*Das Gewicht der Welt. Journal* (Paris).
1978–1979	*Langsame Heimkehr*. Erzählung.
1979	Umzug nach Österreich.
	Der Kafka-Preis wird erstmals verliehen an Peter Handke.
1980	*Die Lehre der Sainte-Victoire* (Salzburg).
	Das Ende des Flanierens.
1981	*Kindergeschichte* (Salzburg).
	Über die Dörfer. Dramatisches Gedicht (Salzburg).
1982	*Die Geschichte des Bleistifts.*
1983	*Der Chinese des Schmerzes* (Salzburg).
	Phantasien der Wiederholung.

1/8.89

Peter Handke
Sein Werk im Suhrkamp Verlag

Wind und Meer. Vier Hörspiele. es 431

Wunschloses Unglück. Erzählung. BS 834 und st 146

Übersetzungen

Aischylos: Prometheus. Übertragen von Peter Handke. Broschiert

Emmanuel Bove: Armand. Roman. Aus dem Französischen von Peter Handke. BS 792

– Bécon-les-Bruyères. Eine Vorstadt. Aus dem Französischen von Peter Handke. BS 872

– Meine Freunde. Aus dem Französischen von Peter Handke. BS 744

Georges-Arthur Goldschmidt: Der Spiegeltag. Roman. Aus dem Französischen von Peter Handke. Gebunden

Gustav Januš: Gedichte 1962-1983. Aus dem Slowenischen von Peter Handke. BS 820

Florjan Lipuš: Der Zögling Tjaž. Roman. Aus dem Slowenischen von Peter Handke zusammen mit Helga Mračnikar. st 993

Patrick Modiano: Eine Jugend. Aus dem Französischen von Peter Handke. BS 995

Walker Percy: Der Idiot des Südens. Roman. Deutsch von Peter Handke. Gebunden

– Der Idiot des Südens. Roman. Deutsch von Peter Handke. st 1531

– Der Kinogeher. Roman. Deutsch von Peter Handke. BS 903

Francis Ponge: Das Notizbuch vom Kiefernwald und La Mounine. Deutsch von Peter Handke. BS 774

Zu Peter Handke

Peter Handke. Herausgegeben von Raimund Fellinger. stm. st 2004

Peter Pütz: Peter Handke. st 854

25/2/8.89

Deutschsprachige Literatur
in den suhrkamp taschenbüchern:
Prosa

3/1/6.89

Deutschsprachige Literatur
in den suhrkamp taschenbüchern:
Prosa

Deutschsprachige Literatur
in den suhrkamp taschenbüchern:
Prosa

Hermann Broch: Die Verzauberung. Roman. st 350
– Der Tod des Vergil. Roman. st 296
– Die Schuldlosen. Roman in elf Erzählungen. st 209
– Die Schlafwandler. Eine Romantrilogie. st 472
Max Brod: Der Prager Kreis. st 547
Hans Christoph Buch: Die Hochzeit von Port-au-Prince. Roman.
  st 1260
– Jammerschoner. Sieben Nacherzählungen. st 815
– Karibische Kaltluft. Berichte und Reportagen. st 1140
Hans Carossa: Der Arzt Gion. Eine Erzählung. st 821
Fritz H. Dinkelmann: Das Opfer. Roman. st 1591
Kasimir Edschmid: Georg Büchner. Eine deutsche Revolution. Roman.
  st 616
Hans Magnus Enzensberger: Der kurze Sommer der Anarchie. Roman.
  st 395
Jürg Federspiel: Die beste Stadt für Blinde. Und andere Berichte. st 979
– Die Liebe ist eine Himmelsmacht. Zwölf Fabeln. st 1529
– Die Märchentante. st 1234
– Der Mann, der das Glück brachte. Erzählungen. st 891
– Massaker im Mond. Roman. st 1286
– Orangen und Tode. Erzählungen. st 1155
– Paratuga kehrt zurück. Erzählungen. st 843
Franz Michael Felder: Aus meinem Leben. st 1353
Marieluise Fleißer: Abenteuer aus dem Englischen Garten. Geschichten.
  st 925
– Ein Pfund Orangen. st 991
– Eine Zierde für den Verein. Roman vom Rauchen, Sporteln, Lieben
  und Verkaufen. st 294
Herbert W. Franke: Der Atem der Sonne. Science-fiction-Erzählungen.
  PhB 174. st 1265
– Einsteins Erben. Science-fiction-Geschichten. PhB 41. st 603
– Endzeit. Science-fiction-Roman. PhB 150. st 1153
– Der grüne Komet. Science-fiction-Erzählungen. PhB 231. st 1628
– Hiobs Stern. Science-fiction-Roman. PhB 223. st 1588
– Die Kälte des Weltraums. Science-fiction-Roman. PhB 121. st 990
– Der Orchideenkäfig. Ein utopischer Roman. PhB 234. st 1643
– Paradies 3000. Science-fiction-Erzählungen. PhB 48. st 664
– Schule für Übermenschen. PhB 58. st 730
– Sirius Transit. PhB 30. st 535
– Die Stahlwüste. Science-fiction-Roman. PhB 215. st 1545
– Tod eines Unsterblichen. Science-fiction-Roman. PhB 69. st 772

Deutschsprachige Literatur
in den suhrkamp taschenbüchern:
Prosa

Herbert W. Franke: Transpluto. Science-fiction-Roman. PhB 82. st 841
– Ypsilon minus. PhB 3. st 358
– Zarathustra kehrt zurück. Science-fiction-Erzählungen. PhB 9. st 410
– Zone Null. Roman. PhB 35. st 585
Herbert W. Franke / Michael Weisser: DEA ALBA. PhB 207. st 1509
Freisprüche. Revolutionäre vor Gericht. Herausgegeben von Hans
 Magnus Enzensberger. st 111
A. M. Frey: Solneman der Unsichtbare. Phantastischer Roman.
 PhB 241. st 1667
Fritz Rudolf Fries: Der Weg nach Oobliadooh. Roman. st 265
Max Frisch: Dienstbüchlein. st 205
– Homo faber. Ein Bericht. st 354
– Mein Name sei Gantenbein. Roman. st 286
– Der Mensch erscheint im Holozän. Eine Erzählung. st 734
– Montauk. Eine Erzählung. st 700
– Stiller. Roman. st 105
– Tagebuch 1946-1949. st 1148
– Tagebuch 1966-1971. st 256
– Wilhelm Tell für die Schule. st 2
Werner Fritsch: Cherubim. st 1672
Franz Fühmann: 22 Tage oder Die Hälfte des Lebens. st 463
– Bagatelle, rundum positiv. Erzählungen. st 426
Herbert Gall: Deleatur. Notizen aus einem Betrieb. st 639
Herbert Genzmer: Cockroach Hotel. Ängste. st 1243
– Freitagabend. st 1540
– Manhattan Bridge. Geschichte einer Nacht. st 1396
Rainald Goetz: Irre. Roman. st 1224
Marianne Gruber: Die gläserne Kugel. Utopischer Roman. PhB 123.
 st 997
– Zwischenstation. Utopischer Roman. PhB 216. st 1555
Reto Hänny: Flug. st 1649
Peter Handke: Die Angst des Tormanns beim Elfmeter. Erzählung.
 st 27
– Begrüßung des Aufsichtsrats. st 654
– Der Chinese des Schmerzes. st 1339
– Das Ende des Flanierens. st 679
– Falsche Bewegung. st 258
– Die Geschichte des Bleistifts. st 1149
– Das Gewicht der Welt. Ein Journal (November 1975 – März 1977).
 st 500
– Die Hornissen. Roman. st 416

253/4/6.89

Deutschsprachige Literatur
in den suhrkamp taschenbüchern:
Prosa

Deutschsprachige Literatur
in den suhrkamp taschenbüchern:
Prosa

Deutschsprachige Literatur
in den suhrkamp taschenbüchern:
Prosa

Deutschsprachige Literatur
in den suhrkamp taschenbüchern:
Prosa

Werner Koch: See-Leben. 3 Bände in Kassette. st 783
– Wechseljahre oder See-Leben II. st 412
Wolfgang Koeppen: Amerikafahrt. st 802
– Angst. Erzählende Prosa. st 1459
– Die Mauer schwankt. Roman. st 1249
– Nach Rußland und anderswohin. Empfindsame Reisen. st 115
– Reisen nach Frankreich. st 530
– Romanisches Café. Erzählende Prosa. st 71
– Tauben im Gras. Roman. st 601
– Der Tod in Rom. Roman. st 241
– Das Treibhaus. st 78
– Eine unglückliche Liebe. Roman. st 392
Walter Kolbenhoff: Heimkehr in die Fremde. Roman. st 1484
Alfred Kolleritsch: Die grüne Seite. Roman. st 323
Marcel Konrad: Stoppelfelder. Roman. st 1348
Ernst Kreuder: Die Gesellschaft vom Dachboden. Erzählung. st 1280
Franz Xaver Kroetz: Der Mondscheinknecht. Roman. st 1039
– Der Mondscheinknecht. Fortsetzung. Roman. st 1241
Karl Krolow: Das andere Leben. Eine Erzählung. st 874
Dieter Kühn: Der Himalaya im Wintergarten. Erzählungen. st 1026
– Josephine. Aus der öffentlichen Biografie der Josephine Baker. st 587
– Die Kammer des schwarzen Lichts. Roman. st 1475
– N. Erzählung. st 93
– Die Präsidentin. Roman eines Verbrechens. st 858
– Stanislaw der Schweiger. Roman. st 496
– Und der Sultan von Oman. Erzählung. Neufassung. st 758
Jürg Laederach: Nach Einfall der Dämmerung. Erzählungen und Erzählungen. st 814
– Laederachs 69 Arten den Blues zu spielen. st 1446
– Sigmund oder Der Herr der Seelen tötet seine. st 1235
Gertrud von le Fort: Die Tochter Jephthas und andere Erzählungen. st 351
Hermann Lenz: Andere Tage. Roman. st 461
– Die Augen eines Dieners. Roman. st 348
– Die Begegnung. Roman. st 828
– Ein Fremdling. Roman. st 1491
– Der Kutscher und der Wappenmaler. Roman. st 934
– Neue Zeit. Roman. st 505
– Der russische Regenbogen. Roman. st 531
– Tagebuch vom Überleben und Leben. Roman. st 659
– Der Tintenfisch in der Garage. Erzählung. st 620

253/8/6.89

Deutschsprachige Literatur
in den suhrkamp taschenbüchern:
Prosa

3/9/6.89

Deutschsprachige Literatur
in den suhrkamp taschenbüchern:
Prosa

Deutschsprachige Literatur
in den suhrkamp taschenbüchern:
Prosa

Paul Scheerbart: Der Kaiser von Utopia. Zwei utopische Romane. PhB 218. st 1565

– Kometentanz. PhB 236. st 1652

– Lesabéndio. Ein Asteroiden-Roman. PhB 183. st 1300

Hansjörg Schertenleib: Die Ferienlandschaft. Roman. st 1277

Jochen Schimmang: Das Ende der Berührbarkeit. Eine Erzählung. st 739

– Der schöne Vogel Phönix. Erinnerungen eines Dreißigjährigen. st 527

Einar Schleef: Gertrud. st 942

Reinhold Schneider: Philipp der Zweite oder Religion und Macht. st 1412

– Erzählungen I. st 1416

– Der Balkon. Aufzeichnungen eines Müßiggängers in Baden-Baden. st 455

Rudolf Alexander Schröder: Fülle des Daseins. st 1029

Peter Sloterdijk: Der Zauberbaum. Die Entstehung der Psychoanalyse im Jahr 1785. st 1445

Angelika Stark: Liebe über Leichen. st 1099

Jörg Steiner: Auf dem Berge Sinai sitzt der Schneider Kikrikri. Geschichten. st 1572

– Ein Messer für den ehrlichen Finder. Roman. st 583

– Das Netz zerreißen. Roman. st 1162

– Schnee bis in die Niederungen. Erzählung. st 935

– Strafarbeit. Roman. st 471

Karlheinz Steinmüller / Angela Steinmüller: Pulaster. Roman eines Planeten. PhB 204. st 1490

Angela Steinmüller: Der Traum vom Großen Roten Fleck. PhB 147. st 1131

Harald Strätz: Frosch im Hals. Erzählungen. st 938

Karin Struck: Lieben. Roman. st 567

– Die Mutter. Roman. st 489

– Trennung. Erzählung. st 613

Siegfried Unseld: Begegnungen mit Hermann Hesse. st 218

Volker Wachenfeld: Camparirot. Eine sizilianische Geschichte. st 1608

– Keine Lust auf Pizza. Roeders Story. st 1347

Karl Heinrich Waggerl: Brot. Roman. st 299

– Das Jahr des Herrn. Roman. st 836

Martin Walser: Die Anselm Kristlein Trilogie. 3 Bände in Kassette. st 684

– Brandung. Roman. st 1374

– Brief an Lord Liszt. Roman. st 1183

Deutschsprachige Literatur
in den suhrkamp taschenbüchern:
Prosa

Martin Walser: Ehen in Philippsburg. Roman. st 1209
– Das Einhorn. Roman. st 159
– Ein fliehendes Pferd. Novelle. st 600
– Ein Flugzeug über dem Haus und andere Geschichten. st 612
– Halbzeit. Roman. 2 Bde. st 94
– Heilige Brocken. Aufsätze, Prosa, Gedichte. st 1528
– Jenseits der Liebe. Roman. st 525
– Liebeserklärungen. st 1259
– Das Schwanenhaus. Roman. st 800
– Seelenarbeit. Roman. st 901
– Der Sturz. Roman. st 322
Robert Walser: Band 1: Fritz Kochers Aufsätze. st 1101
– Band 2: Geschichten. st 1102
– Band 3: Aufsätze. st 1103
– Band 4: Kleine Dichtungen. st 1104
– Band 5: Der Spaziergang. Prosastücke und kleine Prosa. st 1105
– Band 6: Poetenleben. st 1106
– Band 7: Seeland. st 1107
– Band 8: Die Rose. st 1108
– Band 9: Geschwister Tanner. Roman. st 1109
– Band 10: Der Gehülfe. Roman. st 1110
– Band 11: Jakob von Gunten. Ein Tagebuch. st 1111
– Band 12: Der Räuber. Roman. st 1112
– Band 15: Bedenkliche Geschichten. Prosa aus der Berliner Zeit 1906-1912. st 1115
– Band 16: Träumen. Prosa aus der Bieler Zeit. 1913-1920. st 1116
– Band 17: Wenn Schwache sich für stark halten. Prosa aus der Berner Zeit 1921-1925. st 1117
– Band 18: Zarte Zeilen. Prosa aus der Berner Zeit 1926. st 1118
– Band 19: Es war einmal. Prosa aus der Berner Zeit 1927-1928. st 1119
– Band 20: Für die Katz. Prosa aus der Berner Zeit 1928-1933. st 1120
Ernst Weiß: Band 1: Die Galeere. Roman. st 784
– Band 2: Franziska. Roman. st 785
– Band 5: Nahar. Roman. st 788
– Band 6: Die Feuerprobe. Roman. st 789
– Band 7: Der Fall Vukobrankovics. Bericht. st 790
– Band 8: Männer in der Nacht. Roman. st 791
– Band 9: Der Aristokrat. Roman. st 792
– Band 10: Georg Letham. Arzt und Mörder. Roman. st 793
– Band 11: Der Gefängnisarzt oder Die Vaterlosen. Roman. st 794
– Band 12: Der arme Verschwender. Roman. st 795

3/13/6.89

Deutschsprachige Literatur
in den suhrkamp taschenbüchern:
Drama

Jürgen Becker: Die Abwesenden. Drei Hörspiele. st 882

Thomas Bernhard: Alte Meister. Komödie. st 1553

– Der Italiener. st 1645

– Stücke 1. Ein Fest für Boris. Der Ignorant und der Wahnsinnige. Die Jagdgesellschaft. Die Macht der Gewohnheit. st 1524

– Stücke 2. Der Präsident. Die Berühmten. Minetti. Immanuel Kant. st 1534

– Stücke 3. Vor dem Ruhestand. Über allen Gipfeln ist Ruh. Am Ziel. Der Schein trügt. st 1544

– Stücke 4. Der Theatermacher. Ritter, Dene, Voss. Einfach kompliziert. Elisabeth II. st 1554

Volker Braun: Stücke 1. Die Kipper. Hinze und Kunze. Tinka. st 198

– Stücke 2. Schmitten. Guevara oder Der Sonnenstaat. Großer Frieden. Simplex Deutsch. st 680

Bertolt Brechts Dreigroschenbuch. Texte, Materialien, Dokumente. 2 Bde. st 87

Bertolt Brecht: Frühe Stücke. Baal. Trommeln in der Nacht. Im Dickicht der Städte. st 201

Brechts ›Dreigroschenoper‹. stm. st 2056

Hermann Broch: Dramen. st 538

Tankred Dorst: Merlin oder Das wüste Land. Mitarbeit Ursula Ehler. st 1076

– Stücke 2. Herausgegeben von Gerhard Mensching. Mit einem Nachwort von Günther Rühle. st 438

Günter Eich: Fünfzehn Hörspiele. st 120

Hans Fallada / Tankred Dorst: Kleiner Mann – was nun? Eine Revue. st 127

Marieluise Fleißer: Ingolstädter Stücke. st 403

Herbert W. Franke: Keine Spur von Leben. Hörspiele. PhB 62. st 741

Max Frisch: Andorra. Stück in zwölf Bildern. st 277

– Herr Biedermann und die Brandstifter. Rip van Winkle. Zwei Hörspiele. st 599

– Stücke 1. st 70

– Stücke 2. st 81

Peter Handke: Stücke 1. st 43

– Stücke 2. st 101

– Über die Dörfer. Dramatisches Gedicht. st 1072

– Die Unvernünftigen sterben aus. st 168

Wolfgang Hildesheimer: Die Hörspiele. Herausgegeben und mit einem Nachwort versehen von Volker Jehle. st 1583

– Theaterstücke. Über das absurde Theater. st 362

Deutschsprachige Literatur
in den suhrkamp taschenbüchern:
Essays, Reden, Briefe, Tagebücher

Ruth Andreas-Friedrich: Der Schattenmann. Tagebuchaufzeichnungen 1938-1945. Mit einem Nachwort von Jörg Drews. st 1267
– Schauplatz Berlin. Tagebuchaufzeichnungen 1945-1948. st 1294
Hannah Arendt: Die verborgene Tradition. Acht Essays. st 303
Hugo Ball: Der Künstler und die Zeitkrankheit. Ausgewählte Schriften. Herausgegeben und mit einem Nachwort versehen von Hans Burkhard Schlichting. st 1522
Emmy Ball-Hennings: Briefe an Hermann Hesse. st 1142
Walter Benjamin: Angelus Novus. Ausgewählte Schriften 2. st 1512
– Deutsche Menschen. Eine Folge von Briefen. Auswahl und Einleitungen von Walter Benjamin. Mit einem Nachwort von Theodor W. Adorno. st 970
– Illuminationen. Ausgewählte Schriften. Herausgegeben von Siegfried Unseld. st 345
– Über Haschisch. Novellistisches. Berichte. Materialien. Herausgegeben von Tillman Rexroth. Einleitung von Hermann Schweppenhäuser. st 21
Walter Benjamin / Gershom Scholem: Briefwechsel 1933-1940. Herausgegeben von Gershom Scholem. st 1211
Franz Böni: Die Fronfastenkinder. Aufsätze 1966-1985. Mit einem Nachwort von Ulrich Horn. st 1219
Bertolt Brecht: Schriften zur Politik und Gesellschaft 1919-1956. st 199
Hermann Broch: Schriften zur Literatur 1. Kritik. st 246
– Schriften zur Literatur 2. Theorie. st 247
– Philosophische Schriften. 2 Bde. st 375
– Politische Schriften. st 445
– Massenwahntheorie. Beiträge zu einer Psychologie der Politik. st 502
– Briefe 1 (1913-1938). st 710
– Briefe 2 (1938-1945). st 711
– Briefe 3 (1945-1951). st 712
Hermann Broch / Volkmar von Zühlsdorff: Briefe über Deutschland. Die Korrespondenz mit Volkmar von Zühlsdorff. st 1369
Hans Magnus Enzensberger: Politik und Verbrechen. Neun Beiträge. st 442
– Politische Brosamen. st 1132
Herbert W. Franke: Leonardo 2000. Kunst im Zeitalter des Computers. st 1351
Max Frisch: Forderungen des Tages. Porträts, Skizzen, Reden 1943-1982. st 957
– Tagebuch 1946-1949. st 1148
– Tagebuch 1966-1971. st 256

256/1/6.89

Deutschsprachige Literatur
in den suhrkamp taschenbüchern:
Essays, Reden, Briefe, Tagebücher